Silke Heimes

Die Geigerin

Roman

Wiesenburg Verlag

Bibliographische Information
der Deutschen Nationalbibliothek:
Die Deutsche Nationalbibliothek verzeichnet diese
Publikation in der Deutschen Nationalbibliographie;
detaillierte bibliographische Daten sind im Internet
über http://dnb.ddb.de abrufbar.

1. Auflage 2009

Wiesenburg Verlag
Postfach 4410 · 97412 Schweinfurt
www.wiesenburgverlag.de

Covergestaltung: Sven Biela & Andreas Herr

ISBN 978-3-940756-51-0

1

Ein Film. Immergleiche Bilder. Schling, der sie nach dem Konzert anspricht, ihr eine Solokarriere als Geigerin in Aussicht stellt, Städtenamen wie Mailand, London und New York fallen lässt. Simone, die zuversichtlich seine Hand drückt und in der Damentoilette der Oper ihrem Spiegelbild zulächelt.

Später die Wohnung, in der sie mit einer Flasche Rotwein durchs Zimmer rennt, Boris übermütig *Fang mich doch* zuruft und über die Lehne des roten Sofas klettert. Dann der Sturz. Ihre Hände, die den Flaschenhals umklammern. Der Reflex, sie auszustrecken, sich auf dem Boden abzustützen. Schmerz, Blut und Boris, der *Mach kein Scheiß* schreit.

Die Mühe zu atmen. Wie Simone auf die Seite fällt, sich krümmt. Handtücher, die als blutige Lappen um ihre Hände hängen. Ein Arzt, der etwas spritzt. Aus, vorbei. Das Geigen, alles.

Zwei Männer, die Simone auf eine Trage legen. Eine weitere Spritze. Dämmerzustand.

Später jemand, der sie entkleidet. Im Rücken kaltes Metall. Eine Männerstimme, die sagt: Suchen Sie sich einen schönen Traum aus.

2

Später, viel später, das rosige Gesicht einer Krankenschwester. Die Ärzte haben vier Stunden operiert, sagt sie. Simone fragt nicht. Sie weiß, dass sie nie wieder geigen wird.
Der Professor kommt. Ein ganz normaler Reflex, sagt er, man hält fest, statt loszulassen, das geht nicht über die Ratio, das geht über Nervenbahnen, sagt er, der Simone kennt, sie schon spielen gehört hat. Er erklärt, wie er sich um ihre Hände bemüht hat, zeigt ihr Bilder der zerschnittenen und der operierten Hände. Die Welt müsste still stehen, denkt Simone.
Äußerlich werden die Hände gut verheilen, sagt der Professor. In ein paar Jahren wird man die Narben kaum noch sehen. Was allerdings die Nerven angeht ... Simone spürt sein Bedauern, aber die Worte erreichen sie nicht, haben nichts mit ihr zu tun.
Mit dem Geigen wird es wohl vorbei sein, sagt der Professor und wirkt müde. Vielleicht empfindet er Simones Hände als persönliche Niederlage. Wenn ich etwas für Sie tun kann ... Simone kommt es vor, als läge ihr Leben einen Halbton daneben. So ist es, denkt sie, und so wird es bleiben.

Ich lasse Sie allein, sagt der Professor. Wenn Sie etwas brauchen, klingeln Sie. Simone nickt nicht einmal.
Sie bekommt Schmerzmittel. In den Medikamentennebel hinein Bilder des Unfalls, die Gewissheit, nie wieder zu geigen. Sobald die Wirkung der Medikamente nachlässt, das Bedürfnis zu schreien.
Simone beißt in die Bettdecke, bis die Kiefer wehtun. In den Schmerz über den Verlust der Karriere mischt sich jener über den Verlust der Eltern.
Nach dem Tod der Eltern hatte Simone nur noch verbissener gegeigt, wollte nicht wahrhaben, dass die Eltern durch einen von einem Betrunkenen verursachten Unfall ums Leben gekommen waren. Sie hatte Alpträume, damals, und im Krankenhaus wieder.
Sie kann nicht vergessen. Die Schlaflosigkeit wacht über ihre Wunden und verhindert, dass sie vernarben. Sie hat gelesen, dass dauerhafter Schlafentzug zum Tod führt. Ihr würde es genügen, wenn die Schlaflosigkeit jenen Bereich des Gehirns, in dem die Erinnerungen gespeichert sind, auslöschen würde.
Im Krankenhaus scheint man an hoffnungslose Fälle gewöhnt zu sein. Hin und wieder kommt jemand, der mit Simone reden will. Dann blickt

sie zur Wand. Boris' Besuche bereiten ihr regelrecht Übelkeit. Seine Hände sind in Ordnung, er kann weiter geigen, einen Weg gehen, der ihrer hätte sein können. Sie hasst alle, die vor dem Bett stehen und nach dem Besuch ihr Leben fortführen, als sei nichts passiert.

3

Drei Wochen nach dem Unfall wird Simone entlassen. Ihre Hände und Unterarme sind bis zu den Ellenbogen in Gips, von den Fingern zu den Handgelenken hat man Fäden gespannt, die verhindern sollen, dass die Sehnennähte reißen.
Täglich kommt ein ambulanter Dienst, der Simone beim Waschen und Ankleiden hilft. Mittags bekommt sie Essen auf Rädern, das in seiner Konsistenz immer gleich ist und nach Plastik schmeckt. Nachmittags geht sie zur Krankengymnastik.
Solange die Arme in Gips sind und die Finger an den Schnüren hängen, weiß die Krankengymnastin nichts mit Simone anzufangen, versucht Ellenbogen und Schultergelenke beweglich zu halten, zeigt ihr Übungen zur Kräftigung der Rückenmuskulatur, die Simone zu Hause ausführen soll, was sie nicht macht.
Nach sechs Wochen wird der Gips entfernt. Zwei erschreckend dünne Hände und Unterarme kommen zum Vorschein. Hände und Arme, die Simone nicht als ihre erkennt. Die Krankengymnastin weist sie an, die Beweglichkeit der Finger zu trainieren. Simone weigert sich.
Die Übungen werden nicht dazu führen, dass sie jemals wieder präzise Geige spielen wird, und

etwas anderes will sie nicht. Zuweilen stehen ihr die Tränen in den Augen. Dann verzichtet die Krankengymnastin auf die Übungen und knetet Simones Finger.
Sie sind zu jung, den Rest ihrer Tage als Invalide zu verbringen, sagt die Krankengymnastin und legt einen schrecklichen Optimismus an den Tag. Wenn ich nicht mehr arbeiten könnte, würde ich Jura studieren, sagt sie, und Simone überlegt die Praxis zu wechseln, sich eine weniger hoffnungsfrohe Therapeutin zu suchen, doch ihr fehlt die Energie.
Ich würde lesen, sagt die Krankengymnastin, während sie Simones Hände walkt. So ein Unfall ist doch auch eine Chance. Simone sagt *Guten Tag* und *Auf Wiedersehen.* Die Zettel mit Adressen von Selbsthilfegruppen, die ihr die Krankengymnastin gibt, steckt sie in die Hosentaschen, aus denen sie nach der Wäsche zerfasert und unlesbar wieder auftauchen.
Boris ruft täglich an. Simone lässt ihn mit dem Anrufbeantworter sprechen. Es hat keinen Sinn, mit ihm zu reden, er sagt ohnehin immer das Gleiche. Warum lässt du dir nicht helfen? Warum lässt du niemanden an dich heran? Immer dieselben Vorwürfe, getarnt als Fragen. Meist folgen Grüße von Monika und Lars, Barbara und Sven. Jeden Tag fügt Boris ein neues Na-

menspaar hinzu, eine endlose Reihe von Namen, sogar verhasste Kollegen lassen grüßen.
Zuweilen findet Boris sich vor der Tür der Wohnung ein. Zuerst klingelt, dann klopft er, setzt sich schließlich auf die Treppe und spricht mit Simone, als gebe es keine Tür, als säßen sie auf dem roten Sofa, auf dem sie oft gesessen und manchmal sogar miteinander geschlafen haben.
Boris führt lange Selbstgespräche im Treppenhaus. An manchen Tagen, an sonnigen etwa, streitet er ab, mit dem Unfall etwas zu tun zu haben, wohingegen er sich, an regnerischen Tagen möglicherweise, in Selbstvorwürfen ergeht. Gib mir eine Chance!, ruft er an diesen Tagen. Gib uns eine Chance! Dann hat seine Stimme einen hellen Klang. Grashüpfergrün.
Meist bleibt er eine halbe Stunde. Nachdem er eine Weile auf der Treppe gesessen hat, springt er auf, rennt ein paar Stufen nach oben, hält inne und hüpft die Stufen wieder nach unten. Dabei branden seine Worte wie Wellen an die Tür. Liegt dir nichts an mir?, schreit er. Vier Jahre, die wirft man nicht einfach weg!
Zwischendurch verlegt er sich aufs Flehen. Vergib mir! Ich wünschte, ich könnte es ungeschehen machen, ruft er dann unmittelbar vor der Tür, als erhielten seine Worte dadurch mehr Gewicht.

Zu anderen Zeiten flucht er: Ich weiß, dass du mich verantwortlich machst. Das ist ungerecht! Er schreit, bis er heiser ist, manchmal weint er. Eine Zeit lang hört Simone ihm zu, dann ist sie seiner endlosen, gegen die Tür gesprochenen Monologe überdrüssig. Obwohl sie weiß, dass es Unsinn ist, nimmt sie es ihm übel, dass er weiterspielen kann, während für sie alles vorbei ist.

4

Das einzige, was Simone nach ihrer Entlassung liest, ist die Tageszeitung. Sie stürzt sich auf die absonderlichsten Nachrichten.

An einem Tag liest sie einen Artikel über das Fliegenhirn. Ein Experte hat durch Ausschalten bestimmter Gene einer einzelnen Region im Gehirn von Taufliegenmännchen das Balzverhalten außer Betrieb gesetzt. Die sechsstufige Choreographie der Fliegenbalz, von der Wahrnehmung des weiblichen Duftes bis hin zur Kopulation, ist in der Aktivität von nur sechzig Nervenzellen festgelegt. Sechzig Zellen im Hirn der männlichen Taufliege, die über den Fortbestand der Spezies entscheiden. Kein Wort über die Taufliegenweibchen, ohne die auch die sechzig Hirnzellen des Männchens nichts auszurichten vermögen.

Am nächsten Tag liest sie einen Artikel über Sonnenwinde. Imaginierte Teilchenschauer, die auf die Erde prasseln. Geisterhafte, masselose Neutrinos, die den menschlichen Körper in jedem Augenblick durchdringen. Und während Simone liest, spürt sie die feinen Nadelstiche der Neutrinos.

In den Nächten träumt sie von großen Hühnern, die außerhalb des Universums weitere Universen in Eiform ausbrüten. Ihre Gedanken beginnen zu leuchten, erst vereinzelt, dann zahlreicher, bis alle Gedanken wie farbige Schleier in ihrem Kopf wirbeln, eine Eruption, die die äußeren Schichten der Sonne aufwühlt und Teilchenwolken ins All schleudert.

Die Wohnung verlässt sie nur zum Einkaufen. Bemüht, alles zu vergessen, was mit Musik zu tun hat, wirft sie ihre CD-Sammlung in den Müll.

Einmal begegnet sie im Treppenhaus einer Nachbarin. Sie will an ihr vorbei. Doch die Nachbarin spricht sie an: Ich habe von dem Unfall gehört. Wenn ich etwas tun kann ... Sehr nett, sagt Simone. Ich komme klar.

Sie denkt an Herrn Malevitsch, dem sie ihre finanzielle Absicherung verdankt, der eines Tages, nach mehreren Anrufen, zu einem Beratungsgespräch kam. Sie erinnert sich, wie er auf dem roten Sofa saß, zu seinen Füßen die zerfledderte Sonntagsausgabe der FAZ. Er trug eine Krawatte mit breiten blaugrauen Streifen, dazu einen Anzug aus einem grauen Wollstoff.

In Ihrem Beruf, eröffnete er das Gespräch, da ist eine Versicherung doch wie ... wie eine Pumpe für einen platten Reifen. Der Vergleich war misslungen, was ihm selbst auffiel, so dass er mit den Schultern zuckte. Simone lachte ihm ins Gesicht.

Er blieb höflich und schwitzte. Einen Augenblick schien es, als wolle er am Krawattenknoten, der seinen Hals einschnürte, ziehen, doch bevor die Hand den Knoten erreichte, ließ er sie sinken.

Sie erinnert sich, wie sie sagte: Wenn ich eines Tages nicht mehr Geige spielen kann, ist mein Leben sowieso vorbei! Malevitsch hatte sanft gelächelt und gesagt: Derzeit haben Sie zwar ein festes Engagement, aber wenn ich Sie richtig verstanden habe, gedenken Sie das Orchester zu verlassen und sich demnächst als Solistin zu versuchen.

Simone war erstaunt gewesen, wie gut er ihr zugehört hatte, fast mochte sie ihn deswegen ein bisschen. Sie holte ihm ein Bier, das er höflich ablehnte, so dass sie sich im Schneidersitz auf den Boden setzte und das Bier selbst trank.

Malevitsch auf dem roten Sofa, umzingelt von allzu vielen Kissen, rührte Simone und sie fragte: Soll ich Ihnen etwas vorspielen? Er nickte und sie nahm ihre Geige, spannte den Bogen, spielte die Tonleiter rauf und runter und begann: Dvoráks Symphonie Nr. 5, F-Dur, op. 76. Beim Spielen schloss sie die Augen.

Nachdem sie die Geige abgesetzt hatte, sagte sie: Wenn ich Dvorák spiele, höre ich ein Licht.

Einen Augenblick herrschte Stille, dann räusperte sich Malevitsch. Dvorák ist mein Lieblingskomponist, sagte er, und Simone fragte ihn, ob er Dvorák auch in Rot und Gelb sehe.
Malevitsch blickte sie lange und nachdenklich an. Orange, ich sehe Dvorák in Orange, sagte er schließlich und lachte. Simone war sich nicht sicher, ob er sich einen Scherz erlaubte.
Der Oktavsprung im dritten Satz scheint Ihnen Schwierigkeiten zu bereiten, sagte er dann, und Simone blieb der Mund offen stehen. Brüsk legte sie die Geige in den Kasten.
Eine schwierige Stelle, sagte Malevitsch entschuldigend und senkte den Kopf. Sie sollten auf jeden Fall eine Berufsunfähigkeitsversicherung abschließen. Er sagte es leise, doch es war gesagt.
Nach diesem Besuch rief er wöchentlich bei ihr an. Haben Sie es sich überlegt? Darf ich Sie zum Essen einladen? Simone wusste nicht, was er wollte. Vielleicht hatte er die Aussage über die Sinnlosigkeit des Lebens ohne die Geigerei zu ernst genommen.
Nach einigen Wochen ließ sie sich zum Essen einladen. Zunächst nur, um Boris, der nicht wissen konnte, dass Malevitsch klein und gedrungen war und eine Halbglatze hatte, eifersüchtig zu machen, weil Boris von einer rothaarigen Flötistin schwärmte.

Am Abend erzählte Malevitsch, dass er Klavier gespielt, es dann aber aufgegeben hatte, um Versicherungen zu verkaufen. Er war nett und unterhaltsam.

Vielleicht habe ich es mit der Musik nur nicht versucht, weil ich Angst hatte, mein Talent könne nicht reichen, sagte er zwischen zwei Löffeln Suppe. Simone konnte sich nicht vorstellen, dass jemand die Musik zugunsten von Versicherungen aufgab. Doch das sagte sie nicht.

5

Zwölf Wochen nach Simones Entlassung ruft ihre Tante vom Tegernsee an. Magst du nicht ein Weilchen zu mir kommen?, fragt sie den Anrufbeantworter. Gönn dir eine Pause und mach Urlaub bei mir am See. Und bring die Geige mit, sagt die Tante unschuldig. Ich höre dich so gerne spielen.
Neben dem roten Sofa stapelt sich die Post, reicht bis zur Sitzfläche. So lange Simones Hände im Gips waren, konnte sie die Briefe nicht öffnen. Als sie es wieder kann, will sie es nicht. Es ist sinnlos, zwölf Wochen alte Briefe zu lesen.
Eine Woche später ruft die Tante erneut an, wiederholt die Einladung. Mir geht es nicht gut und du hast immer eine so heilsame Wirkung auf mich, sagt sie, und Simone lacht in die Stille der Wohnung.
Obwohl sie nicht vorhatte, an den Tegernsee zu fahren, sucht sie wenig später einen Zug heraus. Vielleicht, so denkt sie, hilft es, an einen Ort zu fahren, an dem ich einmal glücklich war.
Beim Heraussuchen des Zuges wundert sie sich, dass tagsüber keine Züge von Heidelberg an den Tegernsee fahren und entscheidet sich schließlich für einen Nachtzug.

Am Abend packt sie einige Sachen in einen Rucksack. In erster Linie Handschuhe, fünf Paar aus Baumwolle, fünf aus Seide. Sie braucht sie nicht, die Schnitte sind verheilt, auch ist es Frühling, aber sie will ihre nutzlosen Hände nicht sehen.

Um vier in der Nacht läuft sie am Fluss entlang. Schwarze Schwäne schaukeln auf dem Wasser. Am Bahnhof löst sie eine Fahrkarte, steigt in den Zug nach München, zieht die Tür eines freien Abteils auf und setzt sich in Fahrtrichtung auf den Fensterplatz.

Unterwegs, auf freiem Feld, irgendwann um fünf, fängt es an zu regnen. Der Wind drückt die Tropfen gegen die Scheiben, dazu blitzt es. Donner ist keiner zu hören. Die Wiesen wirken grün und saftig, vielleicht auch nur wegen der Dunkelheit.

Ein Blitz erhellt eine Wiese. In den Blitz hinein fällt eine Kuh um, schlägt auf den Boden. Ein Geräusch wie ein nasser Sack, denkt Simone und blickt zurück. Aber die Wiese liegt längst hinter ihr. Sie stellt sich die Kuh vor, auf dem Rücken, die Hufe in den Himmel gestreckt. Das Bild erinnert sie an ein Kinderbuch mit Traktoren, weidenden Kühen und blonden Mägden. Darin waren keine vom Blitz gefällten Kühe.

Sie verlässt das Abteil. Mit einem Mal flimmert es vor ihren Augen. Sie bekommt keine Luft, legt die Hände flach ans Fenster, als ließe sich auf diese Weise Luft in den Körper saugen.
Vor dem Fenster ziehen Maisfelder vorüber. Als Kind hatte Simone die Kolben aus den Blättern gelöst und in die gelben Körner gebissen, die nicht süß und saftig, sondern hart und mehlig waren.
Schwindel und Atemnot lassen so plötzlich nach, wie sie aufgetreten sind.
Ich muss mich zusammenreißen, denkt Simone. Vom Blitz erschlagene Kühe. Sie setzt zu einem Lachen an, heraus kommt ein Schluckauf, der sie bis ins Bordbistro begleitet.
Haben Sie das gesehen?, fragt sie den Kellner, nachdem sie ein Wasser bestellt hat. Das mit der Kuh? Der Kellner blickt sie irritiert an. Was für eine Kuh? Simone hält die Luft an, um den Schluckauf zu vertreiben, der Kellner reicht ihr eine Flasche Weißwein. Simone hat keine Lust, ihn zu korrigieren, greift nach der Flasche, umschließt den Flaschenhals mit den Lippen und trinkt, bis der Schluckauf aufhört.
Vorhin, da hat ein Blitz eine Kuh erschlagen, sagt sie, verlässt das Bistro und läuft zurück zum Abteil.

6

Eine Stunde vor München lässt der Regen nach. Vereinzelt blitzt die Sonne zwischen den Wolken hindurch, phosphoresziert wie in der Dunkelheit zerstoßene Zuckerwürfel.
Eine Familie kommt ins Abteil. Der Junge, vielleicht drei Jahre alt, klettert mit schokoladeverschmierten Händen über Simones Beine, bietet ihr die angebissene Hälfte eines Schokoladeneies an. Die Eltern lachen, der Junge steckt das Ei in den eigenen Mund und setzt sich vertrauensvoll auf Simones Schoß.
Mit einer Hand drückt er einen Stoffhasen mit nur einem Ohr an die Brust, den Daumen der anderen hat er im Mund. Werfen Sie ihn runter, wenn er lästig wird, sagt die Mutter, aber der Junge ist nicht lästig, sondern warm und beruhigend.
Auf dem Münchner Bahnhof will der Junge Simones Hand, die er seit Verlassen des Zuges fest umschlossen hält, nicht mehr freigeben. Du kommst mit, sagt er und zieht an der Hand. Wir fahren zu Irma, sagt die Mutter. Der Junge zieht fester an Simones Hand. Ich will nicht zu Irma!, schreit er. Wir verpassen den Anschluss, sagt die Mutter und setzt sich den Jungen kurzerhand auf die Hüfte. Der Junge streckt Simone den Hasen

entgegen. Die Mutter gibt zu bedenken, dass er ohne ihn nicht einschlafen könne. Heute bin ich der Bestimmer, sagt der Junge. Dann verschwindet die Familie, und Simone bleibt allein auf dem Bahnsteig, in der Hand den Hasen mit nur einem Ohr.

7

Auf Bahnsteig Nummer sechsunddreißig setzt Simone sich auf eine Bank. Wenige Schritte von ihr entfernt steht eine Frau in einer blassrosa Bluse, um die Schultern ein altrosa Tuch. Aus der Zeit gefallen, die Farben wie die Frau, denkt Simone.
Vielleicht wartet sie auf jemanden, möglicherweise einen Mann, oder sie will einen Mann verlassen, vielleicht ihren. Kurz bevor der Zug einfährt, zieht die Frau das altrosa Tuch enger um die Schultern und strebt dem Ausgang zu. Vielleicht hatte sie nur ein wenig atmen, Luft in die verschnürten Lungen lassen wollen.
In der BOB, der Bayerischen Oberlandbahn, die Simone an den Tegernsee bringen soll, schläft sie augenblicklich ein.
Beim Aufwachen fühlt sich ihr Hals wund an, als habe sie zu lange und zu laut geschrieen.
Die Abteiltür wird aufgezogen. Darf ich Sie ansprechen?, fragt ein Mann, die Hand am Griff. Simone nickt ganz automatisch. Der Mann setzt sich auf einen Platz am Gang.
Was passiert, wenn ich einer Figur wie ein Schatten folge?, fragt er und beugt sich vertraulich zu Simone. Was passiert?, fragt sie zurück, um ihr Unbehagen zu verbergen. Ich weiß es nicht, sagt

er und lehnt sich nach hinten, als entspanne ihn das Nichtwissen.
Er ist harmlos, denkt Simone, vielleicht ein wenig verrückt, aber harmlos.
In diesem Augenblick rutscht er wieder nach vorne. Deswegen bin ich Ihnen ja gefolgt, sagt er triumphierend. Simone, die nicht bemerkt hatte, dass ihr jemand gefolgt war, zuckt zusammen.
Was passiert, wenn ich nicht einer Person, sondern mir als mein eigener Schatten folge?, fragt er. Simone blickt Hilfe suchend in den Gang.
Vielleicht reicht es nicht, dass man sich selbst wie ein Schatten folgt, sagt er. Vielleicht bedarf es eines anderen, der einem Nachricht von sich selbst bringt. Ein Leben unter dem Diktum der Fremdheit.
Simone nickt, schafft es zu lächeln, befürchtet, dass es ihn wütend macht, wenn sie Angst zeigt. Sie muss sich verhalten, als handele es sich um ein normales Gespräch unter Reisenden.
Wer wir sind, ist uns zwischen den Schulterblättern in Spiegelschrift unter die Haut tätowiert, sagt er und hebt den Zeigefinger, als wolle er sagen: Aufgepasst! Jetzt kommt das Wichtigste. Könnten wir uns zwischen die Schulterblätter blicken, sagt er. Könnten wir die Haut abziehen und lesen, wir wüssten, wer wir sind. Er macht eine theatralische Pause.

Um das Abteil zu verlassen, müsste Simone an ihm vorbei.
Die einzigen, die es wissen können, sind die Pathologen, sagt er. Würden sie die Häute der Toten abziehen und lesen, es ließen sich Gruppen bilden. Haut- und Lebensgruppen. Krankheiten wären nicht länger Krankheiten, sondern nur mehr Abweichungen von eingravierten Lebenswegen.
Simone bemerkt erleichtert, dass der Zug in den Bahnhof einfährt. Obwohl es die Endstation ist, bleibt der Mann sitzen.
Ich muss aussteigen, sagt Simone, steht auf und schickt sich an, das Abteil zu verlassen. Sie hat Angst, dass er sie zurückhalten könnte, aber er fragt nur: Wohin? Meinen Schatten suchen, sagt sie übermütig und in dem Gefühl gerettet zu sein. Das ist sinnvoll, sagt er ernst. Hoffnung, ist das letzte, was sie hört, als sie mit zitternden Beinen das Abteil verlässt.
In einem Café vor dem Bahnhof setzt sie sich in die Sonne.
Müssen die nicht einen Maulkorb tragen?, fragt ein Mann am Nebentisch überlaut und zeigt auf einen Kampfhund. In Simones Kopf all jene, die einen Maulkorb tragen müssten, die wie mit dem Maschinengewehr auf ihre Mitmenschen einreden.

Wir müssen schauen, ob wir noch zu retten sind, sagt der Mann.
Ob wir noch zu retten sind, hallt es in Simones Kopf, wir, die wir wie die Glasröhrchen in einer Zentrifuge sitzen, die sich immer schneller dreht, bis die Röhrchen platzen und die Glassplitter, gleich Wurfgeschossen, in die Peripherie geschleudert werden.
Der Mann redet unablässig weiter und einmal mehr bestätigt sich, dass die, die am lautesten reden, am wenigsten zu sagen haben.
In die Nächte müsste jemand hineinsprechen, nicht in die Tage, denkt Simone, in die Nächte, in denen ich zersplittere und zerfasere, zerfalle, in unendlich viele Teilchen, um so mehr, je größer die Stille.

8

Eine halbe Stunde später steigt Simone in ein Taxi. Zehn Minuten benötigen sie für die Fahrt vom Bahnhof zum Haus der Tante. Einem alten, leicht schiefen Haus mit kleinen Räumen, ebensolchen Fenstern und abschüssigen Böden, auf denen ein heruntergefallener Gegenstand, der seiner Form nach rollen kann, zum tiefsten Punkt des Raumes strebt.

Obwohl die Tante Simones Besuch erbeten hat, wirkt sie überrascht. Warum hast du nicht angerufen?, fragt sie und küsst Simone auf die Wangen.

Aber Hauptsache, du bist da. Sie fasst die Nichte um die Schultern und führt sie ins Haus. Willkommen zu Hause, sagt sie, aber es klingt falsch. Im Haus riecht es säuerlich, als habe jemand mit Essigreiniger geputzt.

Sie folgt der Tante in den ersten Stock, in das Zimmer, das diese als Simones bezeichnet. In der Mitte steht ein französisches Bett, an der Wand über dem Bett hängt ein Bild von Monet, vor dem Fenster befindet sich ein Sekretär, daneben steht ein Bauernschrank, aus dem die Tante frische Handtücher nimmt und aufs Bett legt.

Ich mache uns einen Tee, sagt sie und verlässt das Zimmer. Ihre Schritte auf den ausgetretenen

Treppenstufen klingen dumpf. Simone setzt sich aufs Bett, hat vergessen, was sie hier will. Während sie auf dem Bett sitzt, bemächtigt sich ihrer ein neuer Gedanke. Sie wird nicht in ihre Wohnung zurückgehen, sondern sich irgendwo in einer fremden Stadt ein Zimmer nehmen. Die Lösung scheint klar und einfach, und Simone freut sich, auch wenn sie nicht mehr genau weiß, wie sich das anfühlt.

9

Als Simone in die Küche kommt, hat die Tante bereits den Tisch gedeckt. Ein Teller mit Gebäck, ein Teller mit Kastenkuchen, dem Aussehen nach Marmor, Brot, Butter, Käse und Wurst, alles im Überfluss, so dass Simone sich fragt, was die Tante mit den Lebensmitteln macht, wenn sie keinen Besuch bekommt.
Simone setzt sich. Die Tante schenkt Tee ein. Wo hast du deine Geige?, fragt sie. Simone blickt in die Teetasse. Schönes Service, sagt sie. Ich habe es günstig bei einem Trödler gekauft, sagt die Tante erfreut. Immer erstand sie irgendetwas günstig bei einem Trödler. Das ganze Haus stand voll dieser Gegenstände.
Vielleicht besser, dass du die Geige nicht mitgebracht hast, sagt die Tante. Hier kannst du mal so richtig Urlaub machen. Aber der einzige Urlaub, den Simone braucht, ist der von sich selbst. Hier wirst du schnell auf andere Gedanken kommen. Dafür sorge ich schon, sagt die Tante, und in Simones Ohren klingt es wie eine Drohung. Dennoch lächelt sie. Es fühlt sich an, als ziehe ihr jemand die Mundwinkel zu den Ohren. Ist dir kalt? Die Tante zeigt auf Simones Handschuhe, ein Paar aus schwarzer Baumwolle.

Simones Wangen zittern von der Anstrengung zu lächeln. Die Tante zündet sich eine Zigarette an. Simone kann sich nicht erinnern, dass die Tante jemals zuvor geraucht hat. Sie zieht hektisch an der Zigarette, verschluckt sich, hustet, entschuldigt sich, drückt die Zigarette auf einer Untertasse aus.
Schön, dass du da bist, sagt sie und fingert eine neue Zigarette aus der Packung.
Ich weiß gar nicht, wo ich anfangen soll, sagt sie zwischen zwei Zügen. Iss doch etwas. Sicher bist du hungrig. Simone schüttelt den Kopf. Ein paar Kekse. Die Tante lacht gekünstelt. Sind noch von Weihnachten, aber Weihnachtsgebäck wird ja nicht alt, sondern besser.
Wieder drückt sie die Zigarette nach wenigen Zügen auf der Untertasse aus.
Mir ist etwas ganz und gar Unglaubliches passiert, sagt die Tante. Wenn ich dir das erzähle, wirst du mich für verrückt halten.
Simone nimmt doch einen Keks. Die Tante hat abgenommen, die Kleider hängen an ihr wie an einem Kleiderständer. Sie zieht einen mehrfach gefalteten Zeitungsartikel aus der Strickjacke, glättet ihn und legt ihn vor Simone auf den Tisch.
Eine halbe Seite Text, daneben ein unscharfes Foto, ein Mann mit Halbglatze. Die Tante

scheint darauf zu warten, dass Simone liest, also liest sie.

Dieser Mann hatte vor drei Tagen einen Autounfall, bei dem er sein Gedächtnis verlor. Er befand sich auf einer Urlaubsreise in Süditalien, als er mit einer Vespa einen Abhang hinabstürzte. Dabei erlitt er ein Schädelhirntrauma und war zwei Tage lang bewusstlos. Anhand der Vespa ließ sich feststellen, dass er Deutscher ist. Die Polizei bittet um Ihre Mithilfe. Sollten Sie den Mann kennen oder schon einmal gesehen haben, melden Sie sich bitte unter der angegebenen Nummer.

Simone weiß nichts damit anzufangen. Ein Mann wurde vermisst. Na und? Täglich verschwanden unzählige Menschen. Sie versteht nicht, was das mit ihr zu tun haben soll.
Ich habe die angegebene Nummer gewählt, sagt die Tante und zündet die dritte Zigarette an. Nichts! Der Anschluss war tot. Ihre Stimme wird höher. Ich bin dann zur Polizei. Und stell dir vor ... Sie pafft hektisch. Der Beamte hat mich ausgelacht! Ob ich ihn verarschen will, hat er gefragt. Der Artikel sei drei Jahre alt!
Sie drückt die Zigarette fest und nachdrücklich auf dem glimmenden Filter der letzten aus. Da soll man sich noch sicher fühlen. Ein Mensch verschwindet und keinen kümmert es. Das ist erschreckend, findest du nicht?

Simone weiß nicht, wie sie das finden soll. Vielleicht sollte ich mich bei dem Vorgesetzten des Polizisten beschweren, sagt die Tante.
Simone nimmt einen weiteren Keks und zerkrümelt ihn. Sie hat keine Idee, wovon die Tante spricht. Der Zigarettenqualm brennt in ihren Augen.
Entschieden greift die Tante nach dem Artikel, faltet ihn und steckt ihn wieder in die Strickjacke.
Ich glaube, ich bin zu alt für Liebschaften, sagt sie und schenkt, obgleich Simone noch keinen Schluck getrunken hat, nach, so dass der Tee überläuft, sich eine Pfütze auf der Untertasse bildet, von der die Flüssigkeit auf die Tischdecke rinnt, wo sie sich mit den Kekskrümeln vermischt und Klumpen bildet.
Er hat mich die ganze Zeit über betrogen. Von Anfang an. Mit zitternden Händen stellt die Tante die Kanne zurück auf das Stövchen. Oder vielleicht müsste ich es anders ausdrücken. Denn eigentlich hat er seine Freundin mit mir betrogen. Nur, dass ich nichts von der Freundin wusste. Bis vor einer Woche. In ihrem Gesicht haben sich hektische, rote Flecken gebildet. Und jetzt wird er vermisst!, sagt sie laut.
Wer ist denn der Mann?, fragt Simone, nicht weil es sie interessiert, sondern weil sie glaubt, etwas sagen zu müssen.

Ich habe versucht, bei ihm anzurufen, ignoriert die Tante die Frage und fixiert beim Sprechen einen Punkt hinter Simones Kopf, so dass diese versucht ist, sich umzudrehen, obwohl sie ahnt, dass dort nur die beige Raufasertapete ist.
Der Anschluss war abgemeldet. Das ist doch merkwürdig. Die Tante starrt aus dem Fenster. Vielleicht war es gar kein Unfall. Vielleicht wollte ihn jemand umbringen.
Der Gedanke scheint ihr zu gefallen. Das muss es sein! Jemand wollte ihn umbringen, wegen etwas, das er geschrieben hat. Sie springt auf und verlässt mit schnellen, kleinen Schritten die Küche.

10

Simone hört, wie die Tante im Wohnzimmer Schranktüren aufreißt und zuschlägt. Sie hat große Lust zu gehen. Einfach aufzustehen und zu gehen. Die Tante ist verrückt! Was immer passiert ist, jetzt ist ihre Tante Marlis verrückt.
Bevor sie sich entschließen kann, die Küche und das Haus zu verlassen, stürmt die Tante herein, knallt ein Buch auf den Tisch. *Die Welt der Masken* von Zacharias Herbst.
Ich habe es wieder und wieder gelesen, sagt sie. Nichts! Kein Hinweis. Sie legt die Hand auf Simones Arm. Aber ich wusste ja nicht, wonach ich suchen soll. Sie schlägt sich gegen die Stirn. Nie hätte ich an Mord gedacht! Dabei ist es so nahe liegend.
Sie nimmt das Buch, drückt es Simone in die Hand. Vielleicht findest du etwas. Ihre Stimme wird leiser, sie wirkt erschöpft.
Nach dem Tod von Simones Eltern hatte die Tante Simone einen merkwürdigen Brief geschrieben. Ohne Anfang. Ohne Ende. Einen Text, bei dem es sich nur um einen Traum handeln konnte. Der Brief hatte Simone befremdet. In ihm war die Rede von einer Bühne in der vierunddreißigsten Etage unter der Erde, nur mit einem Aufzug zu erreichen. Der Boden bestand

aus einer löchrigen Platte. Löcher, wie mit dem Rundzylinder gestanzt, hatte die Tante geschrieben. Auf der Bühne absolute Dunkelheit. Darin aufflammende Zündhölzer. Ein Tribunal von einundzwanzig Männern. Ein Hammer und metallische Töne. Am Ende wurde der Angeklagten der Aufstieg in ein höheres Stockwerk gestattet, lichtdurchflutet. Darin sieben weiß gekleidete Frauen, hatte die Tante geschrieben.

Einen Augenblick lang überlegt Simone, die Tante auf den Brief hin anzusprechen. Dann verwirft sie den Gedanken. Marlis wird sich nicht erinnern.

Was meinst du?, fragt die Tante. André ist sehr nett. Simone hat nicht zugehört.

Marlis lächelt. Dann lade ich ihn also für morgen ein. Simone ist alles recht, Hauptsache sie muss den nächsten Tag nicht allein mit der Tante verbringen.

Ich lege mich hin, sagt Marlis plötzlich und zeigt auf den Tisch. Lass nur alles stehen und geh an den See. Diese Jahreszeit ist die schönste. Wenn sich das Laub verfärbt, die Sonne aber noch die Kraft hat zu wärmen. Mach einen Ausflug zum Bauern in der Au.

Simone nickt. Die Tante scheint vergessen zu haben, dass Frühling ist, nicht Herbst.

Mach ich, sagt Simone, erleichtert, aus dem Haus zu kommen. Dann bin ich aber erst am Abend wieder hier. Die Luft wird dir gut tun, sagt die Tante.
Einem Impuls folgend drückt Simone Marlis einen Kuss auf die Stirn. Ruh dich aus, sagt sie und hofft, dass die Tante sich am Abend gefasst haben wird.

11

Bis Wiessee nimmt Simone den Bus. Dann macht sie sich an den Aufstieg. Am Hang Gleitschirmflieger, die auf Wind warten. Sie sitzen auf den Polstern, die beim Aufkommen den Rücken schützen. Hinter ihnen die aufgespannten Schirme: blau, gelb, orange.
Simone stellt sich vor, durch die Luft zu gleiten. Oft hat sie daran gedacht, es zu versuchen. Doch die Angst vor Verletzungen hat sie bisher davon abgehalten. Vielleicht wird sie es jetzt wagen.
Drei Männer kämpfen sich mit zusammengefalteten Gleitschirmen den Hang hinauf. Dazu werde ich nicht in der Lage sein, denkt Simone mit einem Mal, ich bin zu nichts mehr zu gebrauchen.
Verbissen schreitet sie aus. Wenn sie nur schnell genug geht, wird sie alles vergessen. Laufen, bis der Atem knapp wird und die Beine schmerzen. Um sich abzulenken, zählt sie ihre Schritte, zuerst die des rechten, bei hundert angekommen, die des linken Fußes. Bei tausend verliert sie die Lust.
Auf dem Weg in den Wald kommt ihr ein Paar mit Stöcken entgegen. Sie findet diese Stöcke, mit denen sie sogar in den Städten laufen, albern. Nur die wenigsten nutzen sie zur Entlas-

tung der Gelenke, die meisten ziehen sie einfach hinter sich her.

Grüß Gott, sagt das Paar gleichzeitig. Simone grüßt zurück, bemüht, den Dialekt der Region zu treffen. Man soll sie nicht für eine Touristin halten.

Sie läuft durch den Laubwald. Die Bäume stehen so dicht, dass keine Sonne durchdringt. Am Wegrand lagern Holzstämme. An den abgeholzten Enden blaue und rote Kreise, auf einigen schwarze Ziffern: 8/05 FS, 6/05 ZP. An einem Holzstoß hängt ein Zettel: *Stämme mit roter Markierung bitte liegen lassen.* Simone fragt sich, warum der Besitzer die Bäume abholzt, wenn er die Stämme dann liegen lässt.

Sie erinnert sich des Weges, den sie früher oft gegangen ist, erst in dem Augenblick, in dem sie ihn geht. Aus der dunklen und feuchten Atmosphäre kommt sie auf eine Lichtung voller rot leuchtender Mohnblumen, über die ein Wolkenschatten langsam hinweg zieht. In ihren Ohren erklingt Dvoráks Symphonie Nr. 5, F-Dur, op. 76. Die Melodie verursacht ihr einen stechenden Schmerz in der Brust, so dass sie innehält und sich setzt.

Grüß di, sagt ein Mann, den Simone nicht kommen gehört hat. Nachdem er vorbei ist, blickt er sich immer wieder nach ihr um. Seine

Stimme hat die Melodie zum Verstummen gebracht.
Sie ist müde. Eine Müdigkeit, von der sie sich so schnell nicht erholt, gleichgültig, wie lange sie am Wegrand sitzen bleibt.
Sie muss aufstehen, der Weg, der noch vor ihr liegt, ist etwa genauso lang, wie der, den sie bereits zurückgelegt hat. Auf der Hälfte des folgenden Weges liegt der Bauer in der Au. Ihn könnte Simone bitten, sie ins Tal zu fahren. Er kennt sie, und sollte er sich nicht an sie erinnern, wird ein Anruf bei der Tante genügen. Marlis zuliebe wird er Simone ins Tal bringen.
Sie beginnt erneut ihre Schritte zu zählen. Hundert mit dem rechten, hundert mit dem linken Fuß. Und weiter bis tausend. Vielleicht sollte Simone mit dem Bauern über Marlis sprechen, immerhin kennt er die Tante seit zwanzig Jahren. Doch nach weiteren hundert Schritten mit dem rechten und hundert mit dem linken Fuß verwirft sie den Gedanken wieder. Das Einzige, was sie interessiert, ist das Geigen. Und das ist vorbei.

12

Boris und Simone hatten sich in der Musikhochschule kennen gelernt. Von Anfang an verband sie eher die Liebe zur Musik, denn die Liebe zueinander. Boris war Simones zweiter Freund. Aber der erste zählte genau genommen nicht, mit ihm hatte sie nur eine sexuelle Erfahrung, die auch noch enttäuschend gewesen war.
Bei aller Vertrautheit hatte Simone bei Boris immer etwas vermisst, ohne sagen zu können, was. Vielleicht war das der Grund, dass sie die Beziehung nach dem Unfall erstaunlich leicht aufgab. Vielleicht war sie nur mit Boris zusammen gewesen, weil sie sonst keine Freunde hatte.
Seit sie die Schule verlassen hatte, übte sie vormittags allein, entspannte über Mittag die Finger und setzte das Geigen am Nachmittag in den Proben fort. An fünf Abenden der Woche absolvierte sie Konzerte. Wie man Urlaub machte, wusste sie nicht. War sie krank, flossen die Tage ineinander, ihr Körper weigerte sich, zu schlafen und zu essen. In einem Interview, das noch gar nicht so lange zurücklag, hatte sie gesagt: Ich spiele. Das ist alles. Über die Gründe denke ich nicht nach. Sie denken ja auch nicht darüber nach, ob es nötig ist, zu atmen.

Am Ende der Lichtung steht ein Haus, das unbewohnt aussieht. Einen Augenblick lang überlegt Simone, einzudringen und dort zu bleiben. Doch sehr bald müsste sie ins Tal, um sich mit Vorräten einzudecken. Ihre Anwesenheit in der Hütte würde nicht lange geheim bleiben. In dieser Gegend kannte jeder jeden.
Nachdem sie die Steigung genommen und ein Stück Wald durchquert hat, sieht sie im Tal das Gasthaus vom Bauern in der Au. Je näher sie kommt, um so lauter wird es. Die Terrasse ist voll besetzt. Der Lärm schmerzt in ihren Ohren. Hundert Schritte mit dem rechten, hundert mit dem linken Fuß, dann liegt das Gasthaus hinter ihr. Nach weiteren hundert Schritten wird es wieder still.
Simones Beine bewegen sich mechanisch, ihre Gedanken sind in Welten, in denen Himmelskörper auf die Erde schlagen. Ein Asteroid von einem Kilometer Durchmesser, der an Land niedergeht, wirbelt so viel Staub auf, dass sich der Himmel verdunkelt, stürzt er dagegen ins Meer, türmen sich hohe Flutwellen auf und vernichten die Küstenregion.
Simones Gehirn speichert alles, ohne zwischen alten und neuen Informationen zu unterscheiden. Auch legt es keine Kategorien an. Mitterand, der vor wichtigen Entscheidungen eine

Sterndeuterin befragt, befindet sich in unmittelbarer Nähe eines Universums, das sich wie ein Hefekloß ausdehnt. Nur wenn sie geigt, kann sie den Gedanken entkommen.
Vor ihr taucht der Einstieg zur Klamm auf. Bald darauf ist sie im Tal, wo sie den Bus zum Tegernsee nimmt und das Haus der Tante um neun erreicht.
Da bist du ja endlich, sagt Marlis. Das Essen steht in der Küche. Ich war zu hungrig, um zu warten. Aber Simone will nichts essen, sondern geht sofort nach oben ins Badezimmer.
Während sie Zähne putzt, kommt die Tante ohne anzuklopfen herein. Statt einer Entschuldigung zeigt sie auf Simones Handschuhe. Ziehst du die nie aus? Nicht mal zum Zähneputzen?
Simone putzt beharrlich ihre Zähne. Das ist doch nicht normal, sagt Marlis. Simone spuckt die Zahnpasta ins Waschbecken. Das Wort normal aus dem Mund der Tante kommt ihr anmaßend vor.
Entgegen ihren sonstigen Gewohnheiten beginnt Simone zu gurgeln. Wenn dir kalt ist, kann ich die Heizung hochdrehen, sagt die Tante. Simone gurgelt.
Warst du schon beim Arzt?, fragt die Tante. Ich kann dir einen Termin bei meinem Hausarzt besorgen. Vielleicht eine Durchblutungsstörung.

Simone spuckt das Wasser ins Waschbecken, sagt *Gute Nacht* und geht in ihr Zimmer.
Mag sein, dass ich Probleme habe, denkt sie, nachdem sie sich entkleidet und ins Bett gelegt hat, doch nichts gegen Marlis' Probleme.
Sie nimmt sich vor, André, wer immer das sein mag, am nächsten Tag nach dem ominösen, angeblich ermordeten Schriftsteller zu fragen und ärgert sich, *Die Welt der Masken* nicht mit ins Zimmer genommen zu haben.

13

Obwohl Simone gut geschlafen hat, fühlt sie sich erschöpft. Sie wählt ein weißes Paar Baumwollhandschuhe, zieht sich an und geht in die Küche. Auf dem Tisch steht Frühstück. Marlis ist nicht zu sehen. Simone läuft durchs Haus, ruft nach der Tante. Keine Antwort. Wenigstens einen Zettel hätte sie hinterlassen können, denkt Simone und macht sich ohne Frühstück auf den Weg zum See.

Vielleicht existiert dieser Zacharias, von dem Marlis geredet hat, nur in ihrer Phantasie und das Buch hat sie gekauft, weil der Vorname des Autors dem ihrer Phantasiegestalt entspricht, denkt Simone auf dem Weg. Oder sie hat dem angeblichen Geliebten den Vornamen des Autors gegeben, ist durch den Kauf des Buches überhaupt erst auf diesen Namen gekommen.

Am See setzt Simone sich auf eine Bank. Auf einem Pfahl steht ein Kormoran mit gespreizten Flügeln. Stundenlang stehen diese Vögel so und lassen ihre Flügel trocknen, damit die Federn nicht verkleben. Kaum, dass die Flügel trocken sind, stoßen sie mit einem langen spitzen Schrei ins Wasser. Simone hat noch nie einen von ihnen mit einer Beute auftauchen sehen. Vielleicht erbeuten sie nur nachts Fische und tagsüber üben

sie oder kühlen sich ab, denkt sie. Es kommt ihr sinnlos vor, die Flügel stundenlang zu trocknen, wenn die Vögel dann doch wieder ins Wasser tauchen.
Sie schlägt das Buch *Die Welt der Masken* auf. *Ein Aufbruch in die Welt der Literatur* steht im Klappentext. Lässt man die Literatur weg, ist es ein Aufbruch in die Welt, denkt sie.
Auf dem Umschlag ist das Foto eines Mannes mit ernstem, intensivem Blick. Seine Hände ruhen auf einem Schreibtisch, ähnlich wie Picassos Brothände auf einem Ausstellungsfoto auf dem Esstisch ruhen. Simone ist sich nicht sicher, ob es sich bei dem Mann auf dem Umschlagfoto um denselben handelt, den sie am Vortag auf dem Zeitungsfoto gesehen hat. Sie schlägt die erste Seite auf und liest.

Ich trage die Maske, seit ich sechzehn Jahre alt bin. Sie hat einen ovalen Schnitt, runde Augen und eine schwarz glänzende Patina. Es ist die Maske der nördlichen Dan, die südlichen Dan bevorzugen Masken mit schmalen Augen, einem spitzen Kinn und einem vertikalen Stirnwulst. Beide Volksgruppen, sowohl die nördlichen als auch die südlichen Dan, bilden ihre Masken dem idealisierten menschlichen Gesicht nach. Ihre dunkle Oberfläche verdankt sie einem Schlammbad.

Kaum, dass Simone den ersten Absatz gelesen hat, setzt sich ein älterer Mann zu ihr. Ohne Einleitung fängt er an zu reden.
Auf den Kerguelen gibt es Fliegen, deren Flügel so kurz sind, dass sie nicht fliegen können, sagt er. Hätten sie längere Flügel, würde der Wind sie aufs Meer treiben. Die mutierten Flügel halten sie am Leben und verhindern zugleich, dass sie fliegen können. Merkwürdig, nicht? Fragend blickt er Simone an, wartet aber keine Antwort ab, sondern redet sofort weiter, wie jemand, der es gewohnt ist, mit sich selbst zu reden.
Bei den Kerguelen handelt es sich um eine Inselgruppe im Indischen Ozean. Aus seiner Jackentasche holt er eine Eiswaffel und zerkrümelt sie. Simone denkt, dass es zu wenige Orte gibt, an denen man reden kann, zu wenige Gelegenheiten, um seine eigene Stimme zu hören und sich seiner selbst zu vergewissern.
Der Mann wirft die Krümel der Waffel auf den Boden, wo sich Spatzen darum streiten. Sperlinge, sagt er. Simone fragt sich, ob man sich schneller verloren geht, wenn man die eigene Stimme nicht hört.
Ich hoffe nur, dass sie noch ein wenig leben. Der Mann zeigt auf die Spatzen. Wussten Sie, dass täglich zwanzig Arten sterben? Simone wusste es nicht. Aber ich langweile Sie, sagt der Mann trau-

rig. Simone schüttelt den Kopf. Doch er nickt nachdrücklich und gibt ihr ein Croissant, das sich ebenfalls in seiner Jackentasche befunden hat. Er überreicht es ihr, als handele es sich um ein Kleinod.
Sie sind eine nette junge Frau, sagt er, greift zum Abschied nach ihrer Hand, schüttelt sie länger als gewöhnlich und geht.
Simone überlegt, wie lange das Croissant schon in der Jackentasche gewesen sein mag. Dann beißt sie hinein. Es ist frisch, gefüllt mit einer weichen Marzipanmasse. Es ist lange her, dass sie etwas mit Genuss gegessen hat.

14

Nachdem Simone das Croissant gegessen hat, wischt sie die Hände an der Hose ab und liest weiter.

Ein Geschäftspartner meines Vaters schenkte mir die Maske zu meinem vierzehnten Geburtstag. Herr Mobuh, dessen Urgroßvater der Volksgruppe der nördlichen Dan angehörte, hatte sie in sonnengelbes Geschenkpapier eingeschlagen, und der Farbkontrast zwischen ihr und dem gelben Papier beeindruckte mich nicht weniger als das glatte und fein anzufühlende Holz, aus dem sie geschnitzt war. Dann führte ich sie mir ans Gesicht, und sie schmiegte sich so perfekt an dessen Konturen, als sei sie eigens für mich gefertigt worden. Nicht auszuschließen, dass mein Vater sie bei Herrn Mobuh in Auftrag gegeben hat.

Simone braucht keine Maske, sie verfügt auch so über verschiedene Gesichter, eines für die Proben, eines für die Konzerte und eines für Boris. Nach dem Tod ihrer Eltern hatte sie sich oft im Spiegel betrachtet. Ihre Augen sind braun. Wenn es ihr schlecht geht, wird die Iris schwarz. An guten Tagen dagegen hat sie fast grüne Augen, wie die Mutter. Der Vater hatte hellblaue Augen. Zuweilen hatte er im Scherz behauptet, Simone könne unmöglich seine Tochter sein.

Doch nicht nur die Augen hat Simone von der Mutter, sondern auch den Mund, die vollen Lippen, die nicht zu ihrer Ernsthaftigkeit passen wollen. Einzig die Stirn erinnert an den Vater. Eine hohe Stirn mit steilen Längsfalten, die Simones Gesicht, wie dem des Vaters, einen skeptischen Ausdruck verleihen. Ihre Ohren sind winzig. Wie kann man mit so kleinen Ohren so gut hören?, hatte Boris sie immer geneckt.

Abgesehen von der Stirn hat Simones Gesicht etwas Kindliches. Sie ist überzeugt, dass es einen gedunsenen Eindruck bekommen würde, sollte sie zunehmen. Sie hat es beim Vater beobachtet. Im Jahr vor dem Unfall hatte er zugenommen, und sein Gesicht hatte an Kontur und Schärfe verloren.

Unter einem wahren Gesicht stellt Simone sich ein vollkommen entspanntes Gesicht vor, das man nie zu sehen bekommt, weil sich, sobald man in den Spiegel blickt, ganz automatisch einige Gesichtsmuskeln anspannen. Ein entspanntes Gesicht hat man nur im Schlaf. Einmal hatte sie Boris gebeten, sie beim Schlafen zu fotografieren. Aber ihr Gesicht hatte auf dem Foto alles andere als entspannt ausgesehen.

Vielleicht, so denkt sie jetzt, ist das Gesicht nur eine Summation zahlreicher übereinander liegender Abbilder von etwas, das sich Gesicht nennt, irgendwann als solches bezeichnet und der Konvention halber weiterhin als solches geführt wird, wie ein Tisch ein Tisch ist, obgleich es sich dabei doch um eine Ansammlung von Molekülen handelt.

Auf dem See befinden sich zwei Boote, deren Segel sich mäßig blähen. Wie am Tag zuvor, als Simone die Flieger mit den bunten Schirmen am Hang gesehen hat, nimmt sie sich vor, es in den nächsten Tagen einmal mit Segeln zu versuchen.

15

Simone macht sich auf den Rückweg zum Haus der Tante in der Seestraße, das eine Reihe nach hinten versetzt steht. Kein direkter Seeblick, dafür aber kein Verkehrslärm.
Die Tante hat Kuchen besorgt. André kommt um drei, sagt sie. Du wirst ihn mögen. Sie zeigt auf Simones Hände. Du solltest zum Arzt.
Simone versichert der Tante, dass sie zu Hause einen Arzt aufsuchen wird.
Ich habe einen wunderbaren Hausarzt, sagt Marlis und dann übergangslos: Wo hast du deine Geige? Doch schon ist sie mit den Gedanken wieder woanders, wirr und hektisch. Ich habe ihn angerufen. Und weißt du, was er gesagt hat? Ich soll ihn in Ruhe lassen. Ihn und seine Familie. Er habe jetzt einen kleinen Jungen. Die Worte klingen wie ausgespuckt. Simone wird immer gewisser, dass die Tante sich die Geschichte ausgedacht hat. Nicht auszuschließen, dass sie daran glaubt, aber ausgedacht ist sie dennoch. Lauter Widersprüche. Gestern hatte sie noch behauptet, der Anschluss sei abgemeldet.
Wer ist André?, fragt Simone, um das Thema zu wechseln. Ein Künstler, sagt die Tante und wiederholt mit lächerlichem Pathos: Ein wahrer Künstler! Dann macht sie eine Pause, als wolle

sie das Gesagte wirken lassen. Auf Simone macht es keinen Eindruck. Wie du, fügt die Tante hinzu. Deswegen bin ich ja so sicher, dass ihr euch verstehen werdet.
Auf die Frage, was André als Künstler mache, antwortet Marlis geheimnisvoll: Du wirst schon sehen.
Simone befürchtet, dass auch André nur eine Phantasiegestalt der Tante ist und macht sich darauf gefasst, den Nachmittag mit ihr allein zu verbringen. Sicher wird die Tante kurz bevor André erscheinen soll, eine Ausrede erfinden. Das Auto sei nicht angesprungen oder ihm sei kurzfristig etwas dazwischen gekommen. Sicher hat sie sich für das Ausbleiben des fiktiven Künstlers eine fiktive Ausrede zurechtgelegt.
Simone hat gehört, dass Leute, die sich in Wahngebilden bewegen, diese oft so schlüssig gestalten, dass man nicht zwischen Realität und Fiktion unterscheiden kann.

16

Um drei klingelt es. Vor der Tür steht ein Mann, der sich als André vorstellt und die Tante mehrfach auf die Wangen küsst, als habe sie ihm gesagt: Küss mich nur recht oft auf die Wangen, damit Simone mir glaubt, dass du ein guter Freund bist.

Zu dritt setzen sich an den Küchentisch. André ist hager. Er hat aschblonde, dünne Haare und eine sehr spitze Nase.

Ich habe nichts zu erzählen, sagt er, nachdem er in Windeseile zwei Stücke Kuchen verschlungen hat. Meine Kindheit ist uninteressant, mein Leben belanglos.

Er spricht wie gedruckt, holt kaum Luft, und Simone findet, dass er, obwohl er nichts zu erzählen hat, eine ganze Menge redet.

Er erzählt, dass er Slavistik studiere und nach Polen fahren wolle. Simone hat keine Ahnung, warum er das erzählt. Marlis schweigt und lächelt.

André redet ununterbrochen, wobei er den Kuchen fixiert, als überlege er, ein weiteres Stück zu essen. Er erzählt, mit wem er nach Polen fahren will und wo genau sie hinfahren werden.

Simone stellt ihn sich als Kind vor, blass, mit dünnen Haaren, dazu dieser ernste Gesichtsausdruck. Ein Junge, der nicht versteht, warum die anderen lachen, wenn sie ihm den Stuhl wegziehen, der erklärt, dass man das nicht dürfe, weil man dann mit dem Hinterkopf auf eine Tischkante oder den Boden schlagen könne.

Irgendwie ist er auf seine Mutter zu sprechen gekommen, Simone hat den Übergang verpasst. Seine Mutter sei vor einem Jahr gestorben und alles, was er geerbt habe, stehe seither in seiner Wohnung und in einer angemieteten Garage.

Ich kann mich nicht aufraffen, die Sachen zu sortieren, sagt er. In seiner Stimme ein leichter Unmut, sich mit dem Tod der Mutter auseinander zu setzen, damit, dass nun er in die vorderste Reihe gerückt ist.

Er wirkt wie einer, der sich leicht ablenken lässt: ein Blatt im Wind, das Zwitschern eines Vogels, ein Wort.

Nach einer Weile entschuldigt sich die Tante, und Simone hört sie die Stufen nach oben steigen.

André erzählt erneut von der Reise und macht dabei nicht den Eindruck, ob seines angeblich belanglosen Lebens unglücklich zu sein. Auch dass Simone ihm nicht zuhört, scheint ihn nicht zu stören.

Als sie fragt, was er mache, die Tante habe erzählt, er sei Künstler, hebt er zu einem kleinen

Vortrag an: Ein Künstler ist jemand, der sich als solcher fühlt. Ein Mensch, der sich durch seine Wahrnehmung auszeichnet. Mehr bedarf es nicht. Nur in einer Konsumgesellschaft misst sich der Künstler am Produkt.
Dass die Tante nicht wiederkommt, scheint ihn weder zu wundern noch zu stören. Vielleicht fällt es ihm nicht einmal auf.
Ich sehe mal nach Marlis, sagt Simone schließlich, steht auf und steigt die Treppen nach oben, wo sie die Tante angezogen und schlafend findet. Sie weckt sie nicht, sondern geht zurück in die Küche.
Marlis hat sich hingelegt, sagt sie und bietet André, durch die Abwesenheit der Tante in die Rolle der Gastgeberin gedrängt, ein weiteres Stück Kuchen an. Gerne, sagt er, blickt auf die Uhr. Leider muss ich gehen. Aber wenn du den Kuchen nicht willst, nehme ich ihn mit.
Obgleich Simone das unverschämt findet, packt sie den Kuchen ein. Fast drängt sie André zur Tür. Soll er mitnehmen, was er will, Hauptsache er geht. Nicht einmal Grüße an Marlis richtet er aus.

17

Simone sieht noch einmal nach der Tante, die noch immer schläft. Dann nimmt sie *Die Welt der Masken* und macht sich auf den Weg in die Stadt, wo sie sich in ein Café setzt und einen Milchkaffee bestellt.

In der Mitte des Hofes, in dem sich das Café befindet, ist ein kleiner Brunnen, in den ein Mädchen Kieselsteine wirft. Simone fragt sich, ob der Brunnen von Zeit zu Zeit geleert wird und ob Kieselsteine genau so viel Glück bringen wie Geld, Euro so viel wie Lire, und ob man sich etwas wünschen muss oder das Werfen allein reicht. Glückliches Kind, denkt sie, das händeweise Kieselsteine in den Brunnen wirft, bis die Mutter es wegzieht und auf einen Stuhl setzt.

Ein Hund, der bisher ruhig unter dem Nachbartisch gelegen hat, trottet zu dem Kind und schnuppert an den Füßen. Augenblicklich fängt das Mädchen an zu weinen, auch wenn die Schnauze des Hundes nicht einmal bis zur Sitzfläche des Stuhles reicht. Die Mutter setzt das Kind in einen Buggy. Obwohl der Buggy niedriger ist als der Stuhl, beruhigt sich das Mädchen. Simone nimmt *Die Welt der Masken*, schlägt das Buch auf und beginnt zu lesen.

Seit meinem zwölften Lebensjahr leide ich unter Akne, Pickel und Pusteln, die sich jeder Behandlung widersetzen. Nach zahlreichen erfolglosen Therapieversuchen meines Hautarztes schickte meine Mutter mich zu einer jungen Kosmetikerin mit makelloser Gesichtshaut, die, kaum älter als ich, mit mir wie einem Kleinkind sprach. „Du meldest dich, wenn es weh tut, gell", sagte sie und trug mir gar noch Grüße an meine Mutter auf. Zwar waren fünf Sitzungen im Voraus bezahlt, doch nahm ich die Dienste der jungen Frau kein weiteres Mal in Anspruch. Die Akne blühte, und bald fraßen sich mir pockenartige Narben ins Gesicht.

Ein Mann mit einer schwarzen Sonnenbrille tritt an Simones Tisch. Wir kennen uns, sagt er und lächelt, ohne die Brille abzusetzen. Wir haben uns bei Frederikes Fest vor zwei Jahren im Turm kennen gelernt.

Simone kennt weder den Mann noch eine Frederike. Und vor zwei Jahren war sie ganz sicher in keinem Turm, weil sie Konzerte gegeben hat, wie sie die letzten fünf Jahre nichts anderes getan hat, als zu üben und Konzerte zu geben.

War tot, als ich kam, sagt der Mann. Simone schreckt zusammen, obgleich sie nicht weiß, wer tot sein soll, und wie der Mann dazu kommt, ihr das zu erzählen.

Schon die dritte diese Woche, sagt er. Irgendwie sterben sie immer in Serie. Kann nur hoffen, dass jetzt mal wieder Ruhe ist.
Simone hat keine Ahnung, wovon der Mann spricht. Seine Augen kann sie nicht sehen, die Mundwinkel zeigen nach unten.
Statistisch gesehen passiert die nächsten zwei Wochen nichts, fährt er fort. Letzte Woche ist ein achtzehnjähriges Mädchen vom Zug erfasst worden. Sie und ihre Freundin waren auf dem Weg von der Disco nach Hause. Die Freundin hat gerufen, aber das Mädchen ist auf den Gleisen stehen geblieben und hat gelacht.
Endlich setzt er die Brille ab, seine Augen wirken wässrig. Das klingt falsch, sagt er. Findest du nicht? Simone nickt, hofft ihn loszuwerden, wenn sie zustimmt.
Vielleicht war es gar kein Unfall, redet er weiter. Warum sonst hat das Mädchen gelacht?
Er setzt die Brille wieder auf. Na dann, sagt er. Schön, dich mal wieder getroffen zu haben. Er reicht Simone die Hand und geht.
Nachdem er gegangen ist, legt Simone einen Geldschein auf den Tisch, ohne sich darum zu kümmern, dass es zu viel ist. Sie wird so schnell wie möglich abreisen. In diesem Ort ist der Wahnsinn ausgebrochen. Nicht auszuschließen, dass die Berge dafür verantwortlich sind. Viel-

leicht wird in einigen Tagen in der Zeitung etwas über eine Epidemie des Wahnsinns stehen, möglicherweise ein Virus.

18

Als Simone im Hause der Tante ankommt, ist diese mit den Vorbereitungen für das Abendessen beschäftigt. Mit keinem Wort erwähnt sie Andrés Besuch und ihr Verschwinden. Wie geht es Boris?, fragt sie stattdessen. Seid ihr noch so verliebt? Vielleicht hat er Lust zu kommen. Willst du ihn nicht anrufen?
Wir sind nicht mehr zusammen, sagt Simone.
Die Tante blickt sie verwirrt an. Aber ihr habt doch so gut ... ich meine, ihr habt so gut zusammen gepasst, die Musik ... und so ein netter Junge.
Marlis hatte Boris ein einziges Mal bei einem Konzert getroffen. Sie hatten kaum zwei Sätze gewechselt.
Kann ich dir helfen?, fragt Simone und greift nach einer Tomate.
Was ist mit dir?, fragt die Tante. Mit dir stimmt doch etwas nicht.
Am liebsten würde Simone schreien. Mit mir?, will sie schreien. Mit mir soll etwas nicht in Ordnung sein? Doch sie schreit nicht.
Keinen einzigen Tag hast du früher ohne deine Geige verbracht, sagt die Tante und lacht. Ich weiß noch, wie du die Geige sogar mit auf die Toilette genommen hast. Nicht, dass du dort ge-

spielt hättest. Du wolltest sie einfach bei dir haben. Und immer hast du irgendeine Melodie gesummt.

Simone knallt die Tomate auf die Spüle. Dann rennt sie die Stufen nach oben, in ihr Zimmer, wirft sich aufs Bett, vergräbt den Kopf im Kissen und weint.

Wenige Augenblicke später kommt Marlis, setzt sich auf die Bettkante und legt ihre Hand auf eine von Simones behandschuhten Händen. Wir sollten nicht streiten, sagt sie. Simone zieht die Hand zurück.

Was ist mit deinen Händen? Simone stockt, holt Luft und reißt sich die Handschuhe herunter.

Die Tante öffnet den Mund wie zum Schrei und schließt ihn wieder.

Ich werde nie wieder geigen! Nie wieder!, schreit Simone aufgebracht.

Hast du Schmerzen? Warst du beim Arzt? Was ist denn passiert? Was ist mit Boris?

Langsam streift Simone die Handschuhe über. Die Tante versteht nichts. Absolut nichts.

Wir gehen zu einem Spezialisten, sagt Marlis mit fester Stimme. Gleich morgen. Du darfst nicht aufgeben. Simone presst die Lippen aufeinander. Es gibt einen Weg, sagt die Tante. Ganz bestimmt.

So unsinnig das ist, verspürt Simone so etwas wie Hoffnung. Die Tante klingt so zuversichtlich. Zugleich schreit eine Stimme in Simones Kopf: So dumm kannst du nicht sein. Du wirst nie wieder geigen! Marlis ist verrückt. Glaub ihr kein Wort.

Gleich morgen besorge ich eine Geige, sagt die Tante. André kennt sicher jemanden, der eine hat. Keine erstklassige natürlich ... Die Tante bringt es tatsächlich fertig zu lachen. Aber um zu sehen, ob es geht, wird sie reichen. Sie streicht Simone über den Kopf. Jetzt essen wir erst mal etwas.

Obwohl die Tante sich mit dem Essen Mühe gegeben hat, bringt Simone keinen Bissen herunter.

Ich bringe dich ins Bett, sagt die Tante schließlich und schlägt wenig später die Decke um Simones Füße, wie sie es immer getan hat, als diese ein kleines Mädchen war. Dann küsst sie Simone auf die Stirn.

In der Nacht träumt Simone, auf einer Bühne zu stehen. Obwohl sie die Saiten richtig streicht und den Bogen korrekt hält, klingen die Töne schief. Schweißgebadet wacht sie auf und zieht einen frischen Schlafanzug an.

19

Am Morgen hat die Tante einen Schlachtplan entworfen. *Spezialist, Orchesterleiter, Boris, Freunde* steht auf einem Zettel.
Morgen haben wir einen Termin bei Professor Sommer, sagt sie. Und nachher bringt André eine Geige. Den Leiter des Orchesters solltest du selbst anrufen.
Die Tante greift zum Telefon und wählt. Simone hat keine Ahnung, woher sie die Nummer hat.
Wider Erwarten ist Munzen, der Leiter des Orchesters, der sich sonst am Telefon verleugnen lässt, sofort zu sprechen.
Schön von Ihnen zu hören, sagt er zu Simone und versichert ihr, dass sie sich keine Sorgen machen muss, dass ihr der Platz im Orchester sicher sei. Keine Frage, wie lange Sie brauchen, sagt er. Aber Simone weiß, dass er lügt.
Als er fragt, ob sie schon wieder spiele, lügt auch sie. Mit ein bisschen Übung habe ich bald meine alte Form wieder, sagt sie und gibt sich ebenso zuversichtlich wie Munzen.
Siehst du, sagt die Tante, die das Gespräch mitgehört hat. Alles wird gut.

Am Abend kommt André mit einer Geige. Ich will nicht, sagt Simone. Aber vor uns musst du dich doch nicht schämen, sagt die Tante und lächelt. Keiner erwartet etwas von dir.
Simone wird ärgerlich. Warum wissen alle immer so genau, was gut für mich ist? Ich habe mit dem Geigen abgeschlossen.
Aber das ist doch Unsinn!, sagt die Tante. Das Geigen ist dein Leben.
Dann habe ich eben keins mehr, entgegnet Simone trotzig.
Aber Marlis überhört den Einwand und gibt ihr die Geige, die in einem ähnlich erbärmlichen Zustand ist wie Simones Hände.
Dennoch beginnt Simone, die Geige zu stimmen. Nach wenigen Handgriffen schmerzen ihre Finger. Die Bewegungen, die sie tausend Mal gemacht hat, sind ihr fremd.
Sie setzt die Geige ab. Es hat keinen Sinn! Warum quält ihr mich?
Wir wollen dich doch nicht quälen. Ich erinnere mich, dass du dir ein Leben ohne Geige nicht vorstellen konntest. Was ist nur passiert?
Was passiert ist?, schreit Simone. Du darfst nicht aufgeben, sagt Marlis. Das war doch immer deine Stärke. Nie hast du aufgegeben. Wenn du als

Kind mit deinem Vater Schach gespielt hast, bist du, selbst wenn die Partie schon verloren war, vor dem Brett sitzen geblieben und hast gesagt: Es gibt immer einen Ausweg.

Ich bin kein Kind mehr, sagt Simone heftig. Und jetzt gehe ich ins Bett.

Ich weiß, du könntest es, sagt die Tante. Vielleicht versuchst du es morgen.

Die Geige! ruft André, als Simone schon fast aus dem Zimmer ist. Willst du sie nicht mitnehmen?

Um weitere Diskussionen zu vermeiden, nimmt Simone die Geige.

In ihrem Zimmer setzt sie sich aufs Bett und hält das Instrument lange in den Händen. Sie schließt die Augen, stellt sich die Tonfolgen vor. Dann legt sie die Geige an und spielt.

Die Fingerkuppen fühlen sich wund an. Die Griffe dehnen die zu klein gewordene Haut. Doch Simone spielt wie im Rausch. Keinen einzigen Ton hat sie vergessen. Jeder Griff sitzt.

Nachdem sie geendet hat, legt sie die Geige in den Schoss.

Die Tür wird aufgerissen. Wunderbar!, ruft André, und das Kompliment, so fade es Simone früher erschienen wäre, treibt ihr die Röte ins Gesicht.

Siehst du, sagt die Tante aufgeregt. Ich habe es doch gewusst. Habe ich es dir nicht gesagt? Wir

schaffen das! Sie umarmt Simone überschwänglich. Und morgen haben wir den Termin bei Professor Sommer. Sie küsst Simone. Alles kommt in Ordnung. Sie lacht glücklich. Wir sollten Boris anrufen.
Simone zuckt zusammen. Nein!, sagt sie, und die Tante verzieht das Gesicht.
Simone bemüht sich um einen versöhnlichen Tonfall. Malevitsch, sagt sie, ohne zu wissen, warum. Wenn überhaupt, dann rufe ich Malevitsch an.
Wer ist denn Malevitsch? Herrje, Kind! Aber ruf an, wen du willst. Ich bin ja so froh.
Doch Simone ruft niemanden an. Ich bin müde, sagt sie, als Marlis und André keine Anstalten machen, das Zimmer zu verlassen.
Aber ja, geh nur ins Bett, sagt die Tante. Und morgen fahren wir zu Professor Sommer. Alles kommt in Ordnung. Den letzten Satz spricht Marlis wie eine Beschwörungsformel.
Simone kann lange nicht einschlafen, ihre Hände schmerzen fürchterlich. Ich schaffe es nicht, denkt sie. Es ist nicht zu schaffen.
Im Erdgeschoss hört sie Marlis und André lachen. Sicher ist André der Liebhaber der Tante. Simone ekelt die Vorstellung.
Nicht ausgeschlossen, dass die Tante sogar mit Boris ein Verhältnis hat. Warum sonst sollte sie

ständig seinen Namen erwähnen und Simone drängen, bei ihm anzurufen? Sicher hat sie ihn heimlich getroffen. Vielleicht hat Boris die Tante gebeten, sich um Simone zu kümmern.
So muss es sein! Alles, was seit ihrer Ankunft passiert ist, war abgesprochen. Ein Komplott. So einfach zu durchschauen, und doch hat Simone zwei Tage gebraucht, um die Wahrheit zu erkennen.
Die Einladung der Tante, die längst Bescheid wusste. Boris, der sie informiert hatte, vielleicht hoffte, dass Simone zu ihm zurückkehren würde, wenn sie erst wieder spielen könnte.
Es war demütigend. Man behandelte sie wie ein Kind.

21

Am Morgen sind Simones Finger geschwollen. Noch bevor sie Zeit hatte, ins Badezimmer zu gehen, ruft die Tante: Beeil dich. In zwei Stunden haben wir den Termin bei Professor Sommer.
Als Simone in die Küche kommt, stellt Marlis ihr eine Tasse Kaffee auf den Tisch. Warum hast du die Handschuhe an? Vor mir musst du die Hände doch nicht länger verstecken.
Simone hasst die Tante, die Art, wie sie über ihr Leben bestimmt. Kein einziges Mal hat sie gefragt, ob Simone zu dem Professor will.
Wie heißt dein Schriftsteller eigentlich mit Nachnamen?, fragt Simone, in dem Wunsch, die Tante zu verunsichern und zu verletzen.
Wer?, fragt Marlis verwundert, obwohl sie genau weiß, von wem die Rede ist. Wie heißt er?, wiederholt Simone hartnäckig. Wie kommst du denn jetzt darauf?, fragt die Tante unschuldig.
Das war dumm von dir, liebe Tante, denkt Simone, du hättest dir wenigstens den Namen des Autors merken sollen, den du als deinen Liebhaber ausgibst.
Golimpar, sagt Marlis schließlich und klappert unnötig laut mit dem Geschirr. Sein Name ist Golimpar, wiederholt sie bekräftigend.

Simone hat den Namen des Autors nicht mehr im Kopf, ist sich aber sicher, dass er nicht Golimpar heißt. Entschuldige, sagt sie. Ich muss schnell noch etwas holen.
Sie hastet in ihr Zimmer und greift nach dem Buch *Die Welt der Masken*. Der Name des Autors lautet Zacharias Herbst!
Sie steigt die Stufen nach unten und legt das Buch triumphierend auf den Tisch.
Marlis lacht gekünstelt. Wie dumm von mir. Ich habe vergessen dir zu sagen, dass er unter Pseudonym veröffentlicht. Das heißt, vergessen habe ich es nicht, sondern vielmehr habe ich es dir nicht sagen wollen, weil ... Sie senkt die Stimme, als verrate sie ein Geheimnis, was albern ist, da sie nur zu zweit in der Küche sind.
Zacharias ist Botschafter von Kamerun. Er darf gar nicht unter seinem Namen veröffentlichen! Sie macht eine bedeutungsvolle Pause.
Herbst, ein blödes Pseudonym, das habe ich ihm gleich gesagt. Sie redet immer hastiger. Aber er hat nicht hören wollen, hat sich nichts sagen lassen. Wie er sich nie etwas sagen lässt. Ein alter Sturkopf ist er. War er schon immer, das kannst du mir glauben. Sie lacht hysterisch.
Dann hält sie mitten im Lachen inne. Wir haben Wichtigeres zu tun, sagt sie. Wir wollen den Professor doch nicht warten lassen.

Sie greift nach ihrer Handtasche. Los! Kopflos hastet sie in der Küche umher. Los! Mit der Tasche in der Hand stürmt sie hinaus.
Wenig später hört Simone, wie die Tante in der Garage, die sich direkt unter der Küche befindet, ins Auto steigt. Sie folgt ihr und nimmt schweigend auf dem Beifahrersitz Platz.

22

Mühsam manövriert die Tante das Auto aus der Garage, verkuppelt sich, würgt den Motor ab, startet erneut. Der Motor heult auf. Dann endlich legt die Tante den richtigen Gang ein.
Statt zur Autobahn zu fahren, fährt Marlis in den Ort, hält vor einem hellgrün gestrichenen Haus. Ohne Erklärung steigt sie aus und geht mit schnellen Schritten auf das Haus zu.
Fast im selben Augenblick, in dem sie klingelt, öffnet sich die Haustür. André begrüßt die Tante, folgt ihr zum Auto, gibt Simone lasch die Hand und lässt sich auf die Rückbank fallen.
Das ist dir doch hoffentlich recht, sagt die Tante, wobei sie Simone nicht anblickt. Simone schweigt. Was könnte sie schon sagen? Dass André auf der Stelle aussteigen soll? Dass er nichts, absolut gar nichts mit ihren Händen zu tun hat?
Auf der Autobahn beschließt Simone, die Tatsache, dass André mitfährt, zu nutzen. Was hältst du eigentlich von Zacharias' neuem Buch?, fragt sie in harmlosem, freundlichem Ton.
Wer ist Zacharias?, fragt André ebenso freundlich, während die Tante das Lenkrad verreißt. Der Wagen schlingert. André schreit. Simone ist zufrieden.

Na, Zacharias, sagt Marlis, nachdem sie das Auto wieder unter Kontrolle hat. Simone sieht, wie die Tante in den Rückspiegel blickt und mehrfach zwinkert, als leide sie unter einem Tic.
Ach, Zacharias, sagt André gedehnt, als wolle er es der Tante recht machen, ohne zu wissen, wie.
Ein tolles Buch, nicht wahr?, fragt Simone. Die Welt der Masken, sagt die Tante schnell. Du weißt schon. Sie zwinkert erneut in den Rückspiegel.
Ja, sagt André. Ja, ja. Es ist offensichtlich, dass er weder das Buch noch den Autor kennt und keine Ahnung hat, was er sagen soll.
Was hältst du vom Ende?, fragt Simone. Also wirklich, Simone!, ruft die Tante. Es gibt jetzt weiß Gott Wichtigeres zu besprechen.
In jovialem Tonfall fährt sie fort: Hat Simone gestern nicht ganz wunderbar gespielt?
Simone achtet nicht auf Andrés Antwort. Sie ist zufrieden. Die Tante wird sich in Zukunft in Acht nehmen müssen. Sie haben sie unterschätzt. Boris, Marlis, André. Alle haben sie unterschätzt.
Bis München unterhalten André und Marlis sich über Musik, so unkundig, dass Simone übel wird. Ich brauche die Tante nicht, denkt sie. Sie nicht und Boris nicht. Ich brauche niemanden. Sollen sie lügen, so viel sie wollen, mich können sie nicht verletzen.

Sie schließt die Augen und wünscht sich ein neues Leben. Ohne Marlis und Boris. Ohne Musik und Geige. Diesen Termin wird sie noch hinter sich bringen, dann wird sie gehen.
Heute ist der erste Tag meines neuen Lebens, denkt sie und schämt sich nicht einmal des Pathos. Sie hat den Satz nur gedacht, keiner kann sich darüber lustig machen. Zudem ist in ihrem neuen Leben kein Raum für die Meinung anderer. Sie ist nicht länger von der Gunst anderer abhängig.

23

Sie erreichen das Krankenhaus. Marlis parkt. Zu dritt laufen sie schweigend zum Gebäude.
Die Tante scheint sich auszukennen, führt sie zielstrebig zum Zimmer des Professors. Ohne sich bei der Sekretärin zu melden, klopft sie an die Tür, die sich augenblicklich öffnet, als habe der Professor nur auf sie gewartet.
Die Tante drängt Simone ins Zimmer. André folgt. Kein Wort wird Simone sagen, so lange Marlis und André im Zimmer sind. Was mit Simones Händen ist, geht sie nichts an. Der Arzt müsste doch fragen, ob Simone die Anwesenheit der beiden recht ist.
Simone betrachtet das Zimmer. An den Wänden hängen Ölbilder, vorwiegend in Rot, Gelb und Orange. In ihren Ohren erklingt Dvoráks Symphonie Nr. 5, F-Dur, op. 76. Im Geist streicht sie mit dem Bogen die Saiten. Sie ist in einem Konzertsaal. Das Gelb der Bilder wird zum Licht der Scheinwerfer. Sie spielt flüssig. Ihr Körper schwingt im Takt. Zarte Schwingungen, für die Zuschauer nicht wahrnehmbar. Einzig Simone weiß darum. So war es schon immer. Schon als Kind hatte ihr Körper, kaum dass sie geigte, diese Eigenschwingungen.

Alles in Ordnung? Eine Hand legt sich auf ihre Schulter. Die Musik verstummt. Simone dreht den Kopf in Richtung der Stimme. Sie gehört dem Professor. Marlis und André müssen den Raum verlassen haben, ohne dass Simone es bemerkt hat.
Ich habe Sie spielen gehört, sagt der Professor und lächelt verhalten. Meine Frau ist ganz begeistert von Ihnen. Wenn sie wüsste, dass Sie bei mir sind, würde sie mich beneiden. Simone fühlt sich beschämt. Das ist vorbei, sagt sie entschieden.
Der Professor blickt sie aufmerksam an. Was kann ich für Sie tun?, fragt er und zuckt nicht einmal mit der Wimper, als Simone die Handschuhe auszieht und ihm die vernarbten Hände hinhält.
Nüchtern und professionell untersucht er Simones Hände. Ich hätte es nicht besser machen können, sagt er dann und lächelt wieder dieses verhaltene Lächeln. Ich sehe keinen Grund, warum Sie nicht wieder spielen sollten. Beiläufig blickt er auf die Uhr.
Wer hat Ihnen davon erzählt?, fragt Simone. Woher wissen Sie das?
Wer hat was erzählt? Der Professor wirkt offensichtlich irritiert.
Wer hat Ihnen erzählt, dass ich Geige spiele?, fragt Simone.

Aber ich habe Sie doch selbst spielen gehört, sagt er. Und wegen Ihrer Hände und der Frage, ob sie wieder geigen können, sind Sie doch hier, oder nicht?
Woher kennen Sie meine Tante?, fragt Simone.
Ich kenne Ihre Tante nicht. Der Professor schüttelt den Kopf, blickt erneut auf die Uhr. Dieses Mal demonstrativ, als wolle er sagen: Für solche Spielchen habe ich keine Zeit.
Warum habe ich dann so schnell einen Termin bekommen? Der Professor lacht erleichtert. Wenn Sie drei Monate als schnell bezeichnen.
Aber ... Simone versucht ihre Gedanken zusammenzuhalten. Aber ... Nein! Sie holt Luft. Das ist nicht wahr! Sie bemüht sich leiser zu sprechen. Meine Tante hat erst gestern angerufen.
Das ist unmöglich, sagt der Professor. Unter drei Monaten bekommt bei mir niemand einen Termin. Er lacht. Außer Ihre Tante hätte meine Sekretärin bestochen.
Abrupt erhebt er sich. Ich bin für Hände zuständig, sagt er und murmelt noch etwas, das Simone nicht versteht. Wieder blickt er auf die Uhr. Wenn es Sie beruhigt, können Sie mit meiner Sekretärin sprechen. Viel wichtiger ist aber doch, dass Ihre Hände in Ordnung sind, und Sie spielen können.

Er geht zur Tür, drückt die Klinke nach unten, hält inne. Sollten Sie in München spielen, würde ich mich freuen, wenn Sie mir Karten zukommen ließen. Sie wissen, meine Frau ... Mitten im Satz bricht er ab und gibt Simone die Hand. Guten Tag!, sagt er, dreht sich um und verlässt das Zimmer.

Einen Augenblick lang steht Simone unschlüssig in dem großen Zimmer. Ihr Verstand rast. Boris und Marlis mussten unmittelbar nach dem Unfall telefoniert haben. Dann hatte die Tante den Termin vereinbart. Anders ist es nicht zu erklären. Der Unfall war vor drei Monaten. Alles stimmt überein.

Der Tante gegenüber wird Simone sich benehmen, als sei alles in Ordnung. Sie wird mit ihr und André zurückfahren und am Morgen oder besser noch am selben Abend abreisen.

24

Ich werde nie wieder geigen können, sagt Simone, als sie das Wartezimmer betritt. Der Professor hat es bestätigt.
Marlis starrt sie fassungslos an. Aber du hast doch ... erst gestern hast du doch ...
Wenn ich gegen den Rat des Arztes doch spielen sollte, werde ich meine Finger in ein paar Jahren nicht mehr bewegen können.
Erschrocken hält Marlis die Hand vor den Mund. André steht nah bei ihr, als halte er sich bereit sie aufzufangen, sollte sie in Ohnmacht fallen.
Bist du sicher? Ich meine, kann man so etwas denn sagen? Ich weiß wirklich nicht ...
Wenn du mir nicht glaubst, sagt Simone, frag den Professor.
Aber natürlich glaube ich dir, sagt Marlis schnell. Ich kann nur nicht fassen, dass nichts zu machen sein soll ... ich meine gestern hast du ... du hast so schön gespielt.
Der Professor hat keine Zweifel gelassen!, sagt Simone. Der Arzt hatte zwar gesagt, dass sie ruhig spielen solle, hatte aber verschwiegen, dass sie, sollte sie tatsächlich spielen, die Hände bald nicht mehr würde bewegen können. Das hatte er nicht erwähnt! Aber Simone wusste es ohnehin.

Die Schmerzen in ihren Fingern sprachen eine eindeutige Sprache. Nicht auszudenken, was ein Übungstag oder ein Konzertabend aus ihren Händen machen würde. Nein, an Spielen war nicht zu denken!
André legt beschützend einen Arm um die Schulter der Tante. Fast scheint es, als hätten sie Simone vergessen, als seien sie aus einem die Tante betreffenden Grund in die Klinik gekommen.
Können wir fahren?, fragt Simone so laut, dass die Tante zusammenzuckt und Simone anblickt, als habe diese sie geschlagen. Wie um das Unrecht zu beseitigen, schluckt sie mehrfach. Aber sicher, sagt sie mühsam beherrscht. Ganz wie du willst.
Von André gestützt, setzt Marlis sich in Bewegung. Simone läuft verloren hinterher.
Auf der Rückfahrt schweigen sie, als sei die schlechte Prognose Simones Schuld. Dabei hat sie nur die Worte des Professors wiederholt. Trotzig starrt sie aus dem Fenster.
An einer Ampel sieht Simone ein Mädchen im Rollstuhl, dessen Arme mit Binden umwickelt sind. Arme, zu schmal, um als solche zu gelten, nicht einmal einer der Unterarmknochen hat Platz in einem solchen dünnen Hautschlauch, denkt Simone. Die Füße des Mädchens sind

ebenfalls in Mull gepackt und hängen wie unförmige Holzpantinen an den streichholzdünnen Beinen. Das Mädchen blickt auf seine Fäuste und schlägt sie wie zwei Holzklötze gegeneinander.

Es gibt einen Ruck, als Marlis anfährt. Sie ist eine schlechte Autofahrerin, das ist Simone schon auf der Hinfahrt aufgefallen.

Mit jedem Kilometer, den sie fahren, vermitteln die Tante und André ihr mehr und mehr das Gefühl, schuldig zu sein, schuldig an der schlechten Prognose für ihre Hände, schuldig an dem lastenden Schweigen, ja sogar an den Unstimmigkeiten Zacharias betreffend, scheinen sie einzig Simone die Schuld zu geben.

Willst du denn jetzt gar nicht mehr spielen?, fragt die Tante irgendwann und beantwortet ihre Frage im nächsten Augenblick selbst. Aber nein, wie dumm von mir. Natürlich nicht. Wenn es stimmt, was der Professor sagt, solltest du nie wieder spielen. Auch wenn das bedauerlich ist, weil ich dich so gerne spielen höre.

Die Mutter hat Recht gehabt. Marlis ist eine absolut ichbezogene Person. Sogar nach dem Tod von Simones Mutter, als Simone einige Zeit bei der Tante gewohnt hatte, war es nur darum gegangen, dass die Tante ihre Schwester verloren hatte, nie darum, dass Simones Mutter gestorben war. Simone hatte gedacht, die Tante nehme sie bei sich auf, um ihr zu helfen. In Wahrheit hatte die Tante Simone zu sich genommen, weil sie es allein nicht aushielt.

Das alles wird Simone plötzlich klar. Marlis ist eine egozentrische Lügnerin. Sicher wird sie am Abend erneut davon anfangen, dass Simone Boris anrufen und einladen solle. Doch am Abend wird Simone nicht mehr da sein. Gleich nach der Ankunft wird sie das Haus verlassen und nicht wiederkommen.

Soll ich die Geige wieder mitnehmen?, fragt André, kaum dass sie das Haus betreten haben. Simone sieht, wie die Tante ihm ein Zeichen macht, still zu sein.

Nimm sie mit, sagt Simone möglichst gleichgültig. André nickt.

Jetzt koche ich uns erst einmal einen schönen Tee, sagt Marlis übertrieben fröhlich.

Ich ziehe mich um und mache einen Spaziergang, sagt Simone, steigt die Stufen nach oben, geht in ihr Zimmer und beginnt zu packen.

25

Nachdem Simone die Hälfte ihrer Sachen eingepackt hat, hält sie inne. Sie braucht sie nicht. Überdies kann sie schlecht vorgeben, einen Spaziergang zu machen, wenn sie mit gepacktem Koffer das Haus verlässt. Sie wird die Sachen zurücklassen, wie sie alles in der alten Wohnung zurücklassen wird.

Sie wird ihre Vermieter anrufen und ihnen mitteilen, dass sie nicht wiederkommt, dass sie ihre Sachen verwenden oder weggeben können. Für die entstehenden Unannehmlichkeiten wird sie ihnen Geld überweisen, auch wenn die Vermieter Bankgeschäfte hassen, und Simone die Miete immer bar bezahlt hat. Doch diese Unannehmlichkeit kann sie ihnen nicht ersparen. Keinen Schritt wird sie mehr in die Wohnung setzen, keinen in die Stadt und nie wieder einen in einen Konzertsaal.

Kurz ist sie versucht, sofort bei den Vermietern anzurufen, doch die beiden sind über achtzig, und Simone will sie nicht unnötig beunruhigen. Besser, sie schreibt ihnen einen Brief.

Simone mag ihre Vermieter, besonders den Mann, der, trotz einer Kriegsverletzung, jeden Tag im Garten war. Er säte und pflanzte, rupfte Unkraut und zerkleinerte Äste. Im Herbst sammelte er Laub, jedes Blatt einzeln, auch wenn er sich kaum bücken konnte. Hatte er ein Blatt aufgelesen, richtete er sich, die Hand im Kreuz, mühsam wieder auf und warf das Blatt in die Biotonne. Sobald Simone mit ihrem Stadtrucksack an ihm vorbeilief, fragte er, ob sie wandern gehe. Es hatte keinen Sinn, ihm zu erklären, dass sie nicht wandern ging, er wusste es. Einmal war das Parkett in Simones Wohnzimmer nass geworden und hatte sich abgehoben. Simone war auf einer Konzertreise gewesen und hatte vergessen das Dachfenster zu schließen. Doch auch das hatte keine Probleme gegeben.

Plötzlich stellen sich die Entscheidungen von ganz allein ein. Simone wundert sich, nicht schon früher auf diese einfachen Ideen gekommen zu sein. Der Umzug in eine andere Stadt wird sie von Boris, den Kollegen und ihren Geigen, die sie bisher weder zerschlagen noch verkauft hat, befreien. Mit nutzlosen Hoffnungen wäre dann ebenfalls Schluss. Simone wird in einer anderen Stadt ein neues Leben anfangen.

Als sie in die Küche kommt, sitzen Marlis und André einträchtig am Küchentisch.

Simone winkt ihnen zu. Die Tante ruft: Komm nicht zu spät und verkühl dich nicht.

Simone zieht die Haustür hinter sich ins Schloss.

26

Der Weg zum Bahnhof führt Simone am Brauhaus vorbei. An einem Tisch im Freien sitzen vier Männer und spielen Karten. Schafskopf, vermutet Simone. Marlis hat des Öfteren versucht, ihr das Spiel zu erklären, aber Simone hasst Kartenspiele, ihr Kopf weigert sich, die Regeln zu verstehen, sie kann sich nicht merken, was die einzelnen Karten zu bedeuten haben.
Am Bahnhof steigt sie in die BOB. Im Zug denkt sie, dass Malevitsch der einzige ist, den sie in ihrem neuen Leben irgendwann einmal anrufen wird. Nicht auszuschließen, dass sie sich eines Tages sogar treffen werden. Schließlich hat sie es ihm zu verdanken, dass sie sich um Geld keine Sorgen machen muss, sondern durch die Berufsunfähigkeitsversicherung, zu der er sie am Ende überreden konnte, abgesichert ist.
Auf dem Münchner Hauptbahnhof entscheidet Simone, es dem Zufall zu überlassen, in welcher Stadt sie künftig leben wird. Sie löst eine Fahrkarte für den ersten in Richtung Norden fahrenden Zug, dessen Endstation Stuttgart ist. Das ist weit genug von ihrer alten Heimat entfernt, so dass ihr nicht dauernd Bekannte über den Weg laufen werden. Die Konzerthäuser wird sie meiden. Überdies wird sie in ihrem neuen Leben,

das ja gerade erst begonnen hat, niemandem erzählen, dass sie einmal Geige gespielt hat.
Als sie in Stuttgart ankommt, ist es zehn. An einem Automaten hebt sie Geld ab und macht sich auf die Suche nach einem Zimmer.
Die Innenstadt ist wie ausgestorben. In der Auslage einer Buchhandlung sieht sie *Die Welt der Masken* und beschließt, sich am nächsten Tag ein Exemplar zu kaufen.
Sie kommt zu einem Hotel Namens *Merlin*, das über einem Café liegt. Der Hoteleingang ist geschlossen, und sie geht in das Café, in dem es laut und verraucht ist. Der Kellner, der am Abend für die Zimmer verantwortlich ist, gibt ihr ein Zimmer in der dritten Etage und händigt ihr den Schlüssel aus. Nicht einmal ihren Namen muss sie angeben.
Sie steigt hinauf. Im Zimmer, obwohl es im dritten Stock und am Ende des Ganges liegt, ist der Lärm aus dem Café deutlich zu hören, und Simone versucht erst gar nicht zu schlafen.
Stattdessen geht sie wieder ins Café und setzt sich an einen Ecktisch. Ein Schild über der Theke weist darauf hin, dass im Café Webkameras installiert sind, die Bilder ins Internet übertragen. Die Schilder besagen, dass die Besucher keine Rechte an den aufgezeichneten Bildern haben. Zwei Kameras sind so installiert, dass Si-

mone nicht von ihnen erfasst wird. Aber möglicherweise gibt es weitere Kameras. Sie überlegt, wie groß die Wahrscheinlichkeit ist, dass Marlis sie sieht. Aber sicher ist die Tante mit André beschäftigt, vielleicht schlafen sie gerade jetzt miteinander.

An der Bar steht ein Mann und liest konzentriert in einem Buch. Der Titel des Buches ist von Simones Platz aus nicht zu erkennen, sie hofft, dass es sich nicht um *Die Welt der Masken* handelt. Der Kellner, der ihr das Zimmer vermietet hat, starrt sie von der Bar aus an. Vielleicht ist er misstrauisch, weil sie kein Gepäck hat oder wegen der Handschuhe. Doch sicher ist er andere Dinge gewöhnt als Gäste ohne Gepäck und mit Handschuhen. Überdies hätte er viel zu tun, wollte er bei jedem Gast misstrauisch werden. Die Polizei wird er deswegen kaum verständigen. Simone sieht, wie der Mann, der eben noch konzentriert in dem Buch gelesen hat, sich von der Bar löst und auf sie zukommt. Er legt die Hand auf eine Stuhllehne und blickt sie fragend an. Simone nickt. Er setzt sich, legt das Buch auf den Tisch.

Simone stockt der Atem. *Die Welt der Masken.* Ihre Hände fangen an zu zittern. Sicher hat die Tante den Mann geschickt. Warum sonst sollte er das Buch lesen? Nicht auszuschließen, dass er

Simone vom Tegernsee aus gefolgt ist. Vielleicht will die Tante Simone wissen lassen, dass sie keinen Schritt unternehmen kann, ohne dass sie darum weiß.

Der Mann lächelt. Aber Simone muss vorsichtig bleiben. Vielleicht hat der Mann den Auftrag, sie so lange festzuhalten, bis die Tante kommt.

Er erzählt, dass er Physiker ist und in Stuttgart einen Kongress besucht. Doch das hat nichts zu sagen. Offensichtlich hat er vor, sie zu verwirren.

Er erzählt von einer Sternwarte, in der er arbeitet.

Die Leute denken immer, man spaziere in eine Sternwarte und dann offenbare sich einem der Himmel, sagt er und lacht. Eine naive Vorstellung. Simone nickt, will ihn nicht spüren lassen, dass sie Bescheid weiß.

In der Sternwarte gibt es gar nicht viel zu sehen, erklärt er. Elektroniklabors, Rechenanlagen und so. Die Beobachtungen machen wir mit dem Mekaspek auf dem Wendelstein, dem Foces auf dem Calar Alto und dem Fors auf dem Paranal. Aber selbst auf dem Wendelstein verfolgt man alles auf dem Bildschirm. Die Teleskope werden vom Kontrollraum aus bedient. Die Öffnung des Doms wird der Stellung des Fernrohrs nachgeführt. In Bogenhausen bilden wir die Studenten aus. Dort haben wir einen Askania-

Vertikalkreis und einen Väisälä-Schmidt-Spiegel. Das ganze Gerede über Teleskope macht den Mann nur noch verdächtiger. Es dient einzig dem Zweck, Simone so lange wie möglich festzuhalten.
Nach ihrem Namen befragt, sagt sie Dunja. Der Mann beugt sich zu ihr. Die Hochgeschätzte, sagt er. Werden Sie diesem Namen denn gerecht?
Bemüht lässig zuckt Simone mit den Schultern. Vielleicht war es dumm, einen falschen Namen zu nennen, zumal er ihren wahren vermutlich ohnehin kennt.
Simone hat keine Ahnung, wie viel Zeit ihr noch bleibt. Vielleicht ist Marlis längst in Stuttgart. Simone muss das Café so bald wie möglich verlassen. Sollte der Mann sie zurückhalten, wird sie um Hilfe rufen. Es sind genügend Menschen im Café.
Schon spät, sagt sie. Ich muss morgen ausgeschlafen sein. War nett, Ihre Bekanntschaft gemacht zu haben. Sie weiß selbst nicht, was sie sagt, legt Geld auf den Tisch. Darf ich Sie einladen?, fragt der Mann, aber Simone lehnt ab und steht auf.
Bis zur Tür des Cafés zwingt sie sich, normal zu gehen. Auf der Straße rennt sie, dreht sich immer wieder um, biegt mehrfach in Nebenstraßen.

27

Nachdem Simone einige Zeit gerannt ist, drückt sie sich in einen Hauseingang. Sie wartet und tritt, als niemand zu sehen ist, wieder auf die Straße. Sie wird nicht ins Hotel zurückgehen. Nur gut, dass sie ihren Namen nicht angegeben hat.

Simone sucht sich eine Pension, klingelt, weil die Tür verschlossen ist. Es dauert eine Zeit lang, bis eine verschlafen wirkende, mürrische Frau erscheint.

Reichlich spät, sagt sie. Doch als Simone hundert Euro auf den Tisch legt, wird sie freundlicher und erkundigt sich, wie lange Simone zu bleiben gedenke.

Um kein Misstrauen zu erregen, sagt Simone: Drei Tage. Ich werde drei Tage bleiben. Ich besuche einen Kongress. Morgen hole ich mein Gepäck. Ich habe es im Schließfach am Bahnhof gelassen, weil ich nicht wusste, wo ich unterkommen würde.

Die Frau nickt eifrig. So ständig unterwegs, das ist schon anstrengend. Welchen Kongress besuchen Sie denn?

Einen Kongress der psychoanalytischen Gesellschaft, sagt Simone und ist selbst ein wenig erstaunt, wie leicht ihr die Lüge fällt.

Sie zahlt drei Nächte im Voraus. Falls Sie noch etwas brauchen, können Sie klingeln, sagt die Frau. Frühstück gibt es ab acht. Ich hoffe das ist recht?
Simone nickt. Der Kongress beginnt um neun, sagt sie und hat einen Augenblick lang tatsächlich das Gefühl, am nächsten Morgen zum Kongress zu gehen.
Die Pensionswirtin wünscht Simone eine *Gute Nacht* und verschwindet in dem Hinterzimmer, aus dem sie gekommen ist.
Obwohl auf dem Schlüsselanhänger, den die Frau Simone gegeben hat, zweihundertachtzehn steht, befindet sich das Zimmer nicht, wie zu erwarten, im zweiten, sondern im ersten Stock, so dass Simone eine Zeit braucht, um es zu finden. Im Zimmer verschließt sie die Tür von innen und lässt sich aufs Bett fallen.
Dieser Mann ist ganz sicher von Marlis geschickt worden. Das Buch ist der Beweis. Vermutlich wird er jetzt Ärger bekommen, weil er Simone aus den Augen verloren hat. Nicht auszuschließen, dass die Tante ihm das Honorar kürzt. Simone hat keine Ahnung, ob solche Leute nur im Erfolgsfall bezahlt werden. Morgen wird sie sich ein Zimmer suchen.
Kurz ist sie versucht Malevitsch anzurufen, weil sie das Gefühl hat, seine Stimme könnte sie be-

ruhigen. Doch um zwei Uhr nachts wäre der Versicherungsvertreter sicher nicht erfreut, von ihr zu hören. Also verschiebt sie den Anruf auf den nächsten Tag.

28

Am Morgen verlässt Simone die Pension um halb neun, so dass die Wirtin annehmen kann, sie gehe zu dem erwähnten Kongress.
Simone fragt sich, wie sie auf eine solche Idee gekommen ist. Eine absurde Vorstellung, dass ausgerechnet sie zu einem Kongress der psychoanalytischen Gesellschaft gehen soll, wenn ein solcher überhaupt jemals stattfinden sollte.
An einem Kiosk kauft sie eine Tageszeitung. Noch auf der Straße schlägt sie die Seite mit den Wohnungsanzeigen auf und überfliegt die Angebote, was nicht einfach ist, da der Wind die Seiten bauscht.
Ihr Blick bleibt an einer Anzeige hängen, in der eine ältere Frau eine ruhige Untermieterin sucht. Gewünscht wird eine Nichtraucherin, die bei den Einkäufen hilft, wofür ein Mietnachlass in Aussicht gestellt wird. Die Wohnung scheint wie geschaffen für Simone.
Von einem Münztelefon aus wählt sie die angegebene Nummer. Eine Frau meldet sich. Sie verabreden, dass Simone um vier kommen soll, um sich die Wohnung anzusehen.
Simone setzt sich in ein Café und blättert in der Zeitung, findet nichts, was sie interessiert, nimmt eine der ausliegenden Zeitschriften, in

der sie einen Artikel über Eric Kandel entdeckt. Ein Neurobiologe, der den Nobelpreis erhalten hat. Er fand heraus, dass sich das Gedächtnis als Leistung eines sich ständig ändernden Netzwerkes darstellt. Für die Versuche hatte er Nervenzellen von Seeschnecken als Modell für das menschliche Gehirn verwendet. Während das Kurzzeitgedächtnis, das Informationen etwa eine Minute lang speichert, bestehende Netzverbindungen nutze, beruhe das Langzeitgedächtnis auf der Aktivierung von Genen, die die Vergrößerung bestehender und die Ausbildung zusätzlicher Synapsen bewirke.
Wenn das stimmt, denkt Simone, ist es ganz leicht, zu vergessen. Man überflutet das Gehirn so lange mit neuen Informationen, bis sich ein neues Netzwerk bildet, in dem alle früheren Informationen, sprich Erinnerungen, nicht mehr abgebildet werden.
In Kürze würde Simone vielleicht nicht einmal mehr wissen, dass sie jemals Geige gespielt hat.

29

Beschwingt durch die Aussicht auf ein baldiges Vergessen verlässt Simone das Café und schlendert durch die Straßen, bis sie zu einer Brücke kommt, unter der sich eine Menschenmenge gesammelt hat.
Auf der Brücke stehen Schaulustige. Simone hört ihre Unterhaltungen.
Zwei sind mit den Fahrrädern zusammengestoßen, sagt eine Frau.
Eine Schlägerei, mal wieder die Türken, erklärt ein Mann ungefragt.
Da ist einer ohnmächtig geworden, bei Föhn spielt der Kreislauf verrückt, weiß ein anderer.
Ein Typ ist mit dem Fahrrad auf dem Brückengeländer gefahren und runter gefallen, sagt ein Jugendlicher.
Vielleicht hat er die Wiese mit dem Wasser verwechselt, sagt sein Freund.
Auf einmal sieht Simone Boris auf sich zukommen. Panisch blickt sie sich nach einem Versteck um, stellt sich schließlich zwischen zwei Männer und verbirgt sich hinter ihnen.
Als Boris nur noch wenige Schritte entfernt ist, erkennt Simone, dass es jemand anderes ist. Erleichtert und irritiert verlässt sie die Brücke.

Sie kauft einen Stadtplan und erreicht das Haus, in dem sie künftig vielleicht wohnen wird, um Viertel vor vier. Neben den Klingelknöpfen steht dreimal untereinander der Name *Levanto.* Simone drückt auf die oberste Klingel, woraufhin ihr fast sofort geöffnet wird.
Eine Frau um die achtzig Jahre erscheint. Obwohl Simone sicher ist, sie nie zuvor gesehen zu haben, kommt sie ihr vertraut vor.
Kommen Sie, sagt die Frau und macht eine einladende Geste.
Der Tisch im Wohnzimmer ist wie für einen Nachmittagskaffee gedeckt. Ich hoffe, Sie mögen Tee, sagt die Frau, nachdem sie sich gesetzt haben. Die Plätzchen sind selbstgebacken. Greifen Sie nur zu.
Nachdem die Frau mit erstaunlich ruhiger Hand Tee eingeschenkt hat, fragt sie unvermittelt: Können Sie vorlesen? Simone nickt. Einmal in der Woche sollen Sie mir vorlesen. Mehr verlange ich nicht. Dafür bekommen Sie ein Zimmer im zweiten Stock mit eigenem Bad und einer Kochgelegenheit. Sie blickt auf Simones Handschuhe und lächelt. Niedriger Blutdruck?
Ich nehme das Zimmer, sagt Simone und sieht sich im Wohnzimmer um. Ihr Blick fällt auf mehrere gerahmte Fotografien. Die Vermieterin,

die dem Blick gefolgt ist, steht auf, nimmt eine der Fotografien und gibt sie Simone.
Es ist die Schwarz-Weiß-Fotografie einer jungen Frau mit schulterlangen, nach innen gedrehten Haaren, wie man sie in den fünfziger Jahren getragen hat.
Ich war auch mal jung, sagt die Frau. Und fast so hübsch wie Sie. Sie gibt Simone eine weitere Fotografie. Mein Sohn Albert. Er lebt in München.
Simone starrt auf das Foto. Der Sohn hat Ähnlichkeit mit dem Mann aus dem Café. Aber das ist ausgeschlossen. Das bildet sie sich ein. Die Vermieterin und ihr Sohn haben sicher nichts mit der Tante zu tun. Niemand konnte ahnen, dass Simone sich in Stuttgart eine Wohnung suchen würde. Bis sie in den Zug stieg, wusste sie es selbst nicht.
Die Vermieterin gibt ihr ein drittes Foto, auf dem eine Frau in die Kamera lacht. Meine Tochter Mareille. Sie ist nach Zürich gegangen. Sie hat dort ...
Simone hört nicht, was die Frau sagt, ihre Gedanken verwirren sich. Völlig auszuschließen ist es nicht, dass die Vermieterin und ihr Sohn etwas mit Marlis zu tun haben. Vielleicht ist es kein Zufall, dass dieser Albert in München wohnt. Andererseits ist München eine große Stadt und dass der Sohn dort wohnt, muss nichts zu bedeuten haben.

Es sind gute Kinder, sagt Simones zukünftige Vermieterin. Nicht ihre Schuld, dass sie so weit weg wohnen. Heute wird den jungen Menschen so viel abverlangt. Sie nimmt die Fotografien und stellt sie zurück.

Wann wollen Sie einziehen?, fragt sie und setzt sich wieder in den Sessel. Wenn möglich gleich, sagt Simone und fragt sich sofort, ob sie einen Fehler gemacht hat, als die Frau zögert. Vielleicht zog man nicht vom einen auf den anderen Tag in eine neue Wohnung.

Gerne, sagt die Frau schließlich. Haben Sie jemanden, der Ihnen hilft? Für so einen Umzug braucht man ein paar kräftige Hände.

Ich habe nichts umzuziehen, sagt Simone und ärgert sich wieder. Vielleicht wäre es besser gewesen, so zu tun, als habe sie etwas umzuziehen. Sie hätte ein paar Möbel kaufen und dem Schein nach umziehen können.

Doch auch die Tatsache, dass Simone nichts umzuziehen hat, scheint die Frau nicht zu verwundern. Ist ja alles da, sagt sie und erhebt sich. Dann zeige ich Ihnen mal das Zimmer.

Simone folgt der neuen Vermieterin in den zweiten Stock. Das Zimmer ist klein, wirkt aber gemütlich. In ihm befinden sich ein Bett, ein Schrank, ein Tisch und ein Stuhl. So gesehen ist tatsächlich alles vorhanden.

Das Bad ist nebenan, sagt die Frau. Von der erwähnten Kochgelegenheit ist nichts zu sehen, aber Simone hat ohnehin nicht vor zu kochen.

Wenn Sie wollen, können Sie bleiben, sagt die Frau. Ich heiße übrigens Annie. Jetzt, da wir so zusagen zusammen wohnen, sollten wir uns duzen.

Noch am selben Abend beginnen sie mit dem Vorlesen. Annie reicht Simone ein Buch. *Was ich liebte* von Siri Hustvedt.

Simone ist froh, dass es sich nicht um *Die Welt der Masken* handelt, wertet es als Zeichen dafür, dass alles in Ordnung ist und Annie nicht mit der Tante in Verbindung steht.

Simone liest das erste Kapitel, dann unterbricht Annie sie. Ich danke dir. Es ist schwer, gute Vorleser zu finden. Sie lächelt Simone zu. Ich habe dir ein Nachthemd von Mareille aufs Bett gelegt. Ich hoffe, es passt dir. Sie sagt es mit einer Selbstverständlichkeit, als gehöre Simone zur Familie.

Wenn du magst, kannst du morgen zum Frühstück kommen. Du hast ja noch nichts da.

30

Trotz des Angebotes geht Simone am nächsten Morgen ohne Frühstück in die Stadt, um sich *Die Welt der Masken* zu kaufen.
In der Buchhandlung weiß sie nicht mehr, was sie dort will, blickt sich unschlüssig um, entdeckt vor einem Regal Malevitsch. Ihr erster Gedanke ist zu fliehen. Doch Malevitsch hat sie schon gesehen.
Hallo, sagt er und kommt lächelnd auf sie zu. Was machen Sie denn in Stuttgart? Er blickt auf ihre Hände. Simone trägt ein schwarzes Paar Seidenhandschuhe. Malevitsch lässt die Handschuhe unkommentiert und lädt Simone zum Kaffee ein.
Ich habe geschäftlich hier zu tun, sagt Malevitsch, kaum dass sie sich gesetzt haben, als müsse er seine Anwesenheit in Stuttgart rechtfertigen. Simone hat das Gefühl, dass er auf eine Erklärung ihrerseits wartet, doch sie weiß nicht, was sie sagen soll, fragt sich, ob er Bescheid weiß. Sicher hat die Versicherung ihn über den Unfall informiert. Malevitsch räuspert sich einige Male, ohne etwas zu sagen.
Die Flasche Wein, die Sie mir geschenkt haben, war übrigens gut, sagt Simone schließlich. Malevitsch nickt abwesend. Sicher erinnert er sich

nicht mehr daran. Vielleicht will er sich auch nicht erinnern. Wenn er über den Unfall informiert wurde, weiß er sicher auch, dass sie sich mit den Scherben eben dieser Flasche die Hände zerschnitten hat.
Weil Malevitsch noch immer schweigt, und Simone nichts anderes einfällt, fragt sie: Glauben Sie, dass es eine Art Schlafsubstanz gibt, die sich tagsüber im Körper wie in einem Kessel sammelt und nachts abgepumpt werden muss? Das hat sie vor kurzem gelesen, und es kommt ihr einleuchtend vor.
Statt zu antworten, fragt Malevitsch: Wie geht es Ihrem Freund?
Wenn die Schlafsubstanz nicht abgepumpt wird, vergiftet sie das Gehirn, sagt Simone.
Malevitsch reagiert nicht, wirkt ungepflegt, als habe er mehrere Tage und Nächte in seinen Kleidern verbracht.
Hat meine Tante Sie geschickt?, fragt Simone dann. Malevitsch reagiert sonderbar. Ihre Tante? Aber wieso denn Ihre Tante? Ich kenne Ihre Tante nicht. Er schüttelt heftig den Kopf. Sein Gesicht hat einen gequälten Ausdruck. Fast hat Simone Mitleid.
Ich verzeihe Ihnen, will sie sagen. Jeder macht mal einen Fehler. Am besten, wir vergessen die Sache.

Doch bevor sie die Worte sortiert hat, fragt er: Ist mit Ihnen alles in Ordnung? Die Frage hätte Simone stellen müssen und nicht umgekehrt, findet sie.
Und während sie noch überlegt, was ihn zu der Frage bewogen haben mag, küsst er sie auf den Hals, saugt sich förmlich an ihrem Hals fest, so dass Simone Mühe hat, sich zu befreien.
Nachdem sie ihn von sich gestoßen hat, gibt sie ihm eine Ohrfeige. Zwei Frauen drehen sich zu ihnen um. In ihren Blicken liest Simone Zustimmung. Lassen Sie sich nichts gefallen, sagen die Blicke.
Warum haben Sie das getan? Malevitsch hält sich die Wange. Simone strafft die Schultern, bedauert, dass der Schlag durch die Handschuhe gedämpft wurde, steht auf, lässt Malevitsch sitzen, geht erhobenen Hauptes zur Tür und tritt auf die Straße.
Durch das Fenster sieht sie, wie die Frauen, offensichtlich noch immer voller Empörung über Malevitsch, die Köpfe schütteln.
Malevitsch hat die Ohrfeige verdient. Simone hat ihm keinen Anlass zu Vertraulichkeiten gegeben. Durch nichts hat sie ihn zu diesem Verhalten ermuntert. Sie will ihn nie wieder sehen.

31

Ziellos läuft Simone durch die Straßen. In ihren Ohren rauscht es. Sicher handelt es sich um das Urrauschen, das zwei Angestellte der Bell Laboratories vor einigen Jahren entdeckt haben.
Trotz des unerfreulichen Vorfalls mit Malevitsch fühlt Simone sich gut. Nicht jeder kann das Rauschen hören, nur ganz besondere Menschen. Simone schätzt sich glücklich, zu diesen Menschen zu gehören, nimmt es als Bestätigung, dass sie Malevitsch gegenüber recht gehandelt hat. Er hat sich schändlich benommen. Von nun an wird sie auch auf die Erinnerungen an ihn verzichten. Und diese Entscheidung bereitet ihr eine solche Leichtigkeit, dass sie hüpft.
Am Abend sitzt sie bei Tee und Gebäck in Annies Wohnzimmer und liest das zweite Kapitel aus dem Buch *Was ich liebte*.
Nachdem Simone das Buch zugeschlagen hat, fragt sie: Kennst du Die Welt der Masken?
Sie hat das nicht fragen wollen, die Worte sind einfach aus ihrem Mund gekommen.
Ich kenne nämlich den Autor, fügt sie hinzu. Ein Freund von mir.
Auch das wollte sie nicht sagen. So ein Unsinn. Sie verliert die Kontrolle.
Bring das Buch doch mit, sagt Annie. Vielleicht kannst du mir daraus vorlesen.

Ich habe es nicht mehr, sagt Simone. Aber ich werde Zacharias bitten, mir eines zu schicken. Sie spricht, als handele es sich tatsächlich um einen Freund.

Warum nicht, denkt sie trotzig. Wenn ich ihn anrufe, wird er mir sicher ein Buch schicken. Dass sie keine Nummer von ihm hat, ihn nicht kennt, scheint ihr in diesem Augenblick belanglos. Vielmehr hat sie das Gefühl, ihn wirklich zu kennen.

Hast du deinen Freund erreicht?, fragt Annie am nächsten Abend. Simone hat keine Ahnung, von wem sie spricht. Na, den Schriftsteller, sagt Annie. Simone, der wieder einfällt, dass sie Zacharias anrufen wollte, verspricht den Anruf am nächsten Tag nachzuholen.

Doch auch die folgenden Tage ruft sie den Schriftsteller, dessen Nummer sie nicht hat, weil sie ihn nicht kennt, nicht an.

Noch zweimal geht sie in die Buchhandlung, in der sie Malevitsch getroffen hat. Beide Male steht sie vor den Regalen, ohne sich zu erinnern, warum sie die Buchhandlung betreten hat. Beide Male kauft sie eins der Bücher, die neben der Kasse liegen, und geht in das Café, in dem sie mit Malevitsch war.

Bei ihrem zweiten Besuch in dem Café hat sie das Gefühl, dass zwei Frauen am Nebentisch sie anstarren. Sie lächelt ihnen zu, die Frauen blicken weg. Simone fragt sich, wie man in diesem Alter so wenig selbstbewusst sein kann.

32

Die abendlichen Besuche bei Annie folgen stets einem bestimmten Rhythmus. Simone kommt, Annie bietet ihr einen Platz auf dem Sofa an, schenkt Tee in die bereitgestellten Tassen ein und setzt sich in ihren Sessel. Simone liest eine halbe Stunde, bis Annie sie mit den immer gleichen Worten unterbricht: Das war sehr schön. Du hast eine wunderbare Stimme.
Doch eines Tages, Simone kommt wie gewohnt um sechs, ist Annie, die sonst viel Wert auf ein gepflegtes Äußeres legt, noch im Morgenmantel. Sie bittet Simone nicht herein, sondern dreht sich, nachdem sie geöffnet hat, wortlos um, tippelt mit kleinen Schritten ins Wohnzimmer und setzt sich in ihren Sessel.
Simone kniet sich neben sie. Fühlst du dich nicht wohl?, fragt sie. Soll ich einen Arzt rufen oder Albert benachrichtigen? Annie schweigt. Auf dem Tisch stehen weder Tee noch Kekse. Simone geht in die Küche, kocht Tee und legt Kekse auf einen Teller.
Mit dem Tee und den Keksen geht sie wieder ins Wohnzimmer.
Albert, Albert, wiederholt Annie. Simone legt ihr die Hand auf die Schulter. Soll ich einen Arzt rufen? Annie verstummt.

Simone nimmt Alberts Fotografie und hält sie Annie vors Gesicht. Soll ich Albert anrufen? Annie beginnt erneut, den Namen ihres Sohnes zu wiederholen.
Ich habe keine Nummer, sagt Simone. Sag mir doch bitte seine Nummer. Annie schließt die Augen. Einen kurzen Augenblick lang hat Simone Angst, sie könne gestorben sein. Aber Annies Brust hebt und senkt sich regelmäßig.
Hastig beginnt Simone, in der Wohnung nach einem Telefonbuch zu suchen. Irgendwo muss Annie doch wichtige Nummern notiert haben, wenigstens die der Kinder, vielleicht die ihres Hausarztes.
Während Simone im Flur sucht, hört sie Annie im Wohnzimmer reden. Ein guter Junge. Albert ist ein guter Junge. Und Mareille ist eine gute Tochter. Nicht ihre Schuld, dass sie so weit weg wohnen.
Simone überlegt, zu ihr zu gehen und sie zu beruhigen, doch dann scheint es ihr wichtiger, eine Nummer zu finden und Hilfe zu holen. Sie untersucht Schublade für Schublade.
Ein guter Junge, hört sie Annie sagen. Wie eine Schallplatte mit Sprung wiederholt sie den Satz in immer gleicher Tonlage, während Simone die Schränke durchsucht, bis sie in einer Küchenschublade ein kleines Heft mit Einträgen findet.

Unter K wie Kinder stehen Alberts und Mareilles Telefonnummern.
Hastig wählt sie Alberts Nummer, ohne zu überlegen, was sie ihm sagen soll.
Hallo, meldet sich eine sonore Stimme. Hier ist Simone, sagt sie. Sie kennen mich nicht, aber ich bin bei Ihrer Mutter, das heißt, ich wohne seit kurzer Zeit bei ihr und heute, Sie müssen wissen, ich komme jeden Tag, um ihr vorzulesen, und heute ...
Sind Sie sicher, dass Sie sich nicht verwählt haben? Simone wird heiß. Levanto? Sie sind doch Albert Levanto? Der bin ich.
Simone atmet auf. Sie müssen kommen. Ihre Mutter ... also Ihre Mutter ... starrt so vor sich hin, wo sie doch sonst ... Sie wissen ja selbst, dass sie eine lebhafte Person ist, aber heute ... nur Ihren Namen ... sie nennt immer wieder Ihren Namen ... das ist das Einzige ... deswegen habe ich Sie angerufen ... ich weiß nicht, was ich tun soll. Ich bin ja noch nicht lange hier und ...
Mal ganz langsam. Wer sind Sie eigentlich? Aber das habe ich Ihnen doch erklärt! Ich wohne jetzt bei Ihrer Mutter und ...
Ich wusste gar nicht, dass meine Mutter eine Untermieterin hat.
Ich wohne noch nicht lange hier, deswegen weiß ich nicht, an wen ich mich wenden soll und es

gibt da ein kleines Notizheft. Das habe ich neben den Bestecken ... aber egal. Wichtig ist, dass Sie kommen!
Geben Sie mir mal meine Mutter! Seine Stimme hat etwas Forderndes.
Ich weiß nicht ... sie redet nicht ... es ist vielleicht keine gute Idee, dass ...
Tun Sie einfach, was ich Ihnen sage. Der Mann wirkt ungeduldig, und mit einem Mal scheint es Simone völlig sinnlos, ja, beinahe lächerlich, diesen Mann, der ihr fremd ist, angerufen zu haben. Was soll er von München aus schon machen?
Sie will ihm sagen, dass er sich nicht bemühen muss, dass sie irgendwie allein klar kommt, bringt aber kein Wort heraus. Ihr Mund ist ausgetrocknet, die Zunge klebt am Gaumen. Also hält sie den Hörer wie befohlen an Annies Ohr.
Ihr Sohn möchte Sie sprechen, sagt sie und siezt Annie vor Aufregung. Annie starrt, den Hörer am Ohr, unverwandt geradeaus.
Albert, flüstert Simone. Es ist Albert. Bestimmt eine Minute lang hält sie den Hörer an Annies Ohr. Dann nimmt sie ihn weg.
Was haben Sie mit meiner Mutter gemacht?, fragt der Mann, der Annies Sohn sein soll.
Simone ist empört. Sie sollten kommen, bringt sie mühsam hervor.

Wie stellen Sie sich das vor? Ich kann hier nicht weg. Zufällig habe ich einen Job. Sehen Sie zu, wie Sie das wieder in Ordnung bringen.
Simone weiß, dass sie wütend werden sollte, stattdessen sagt sie kleinlaut: Ich weiß leider nicht, wer Annies Hausarzt ist.
Dann rufen Sie irgendeinen Arzt. Wenn es sein muss, den Notarzt. Ich lebe in München, falls Sie das nicht wissen!
Simone legt auf. Vielleicht, so denkt sie, habe ich mich doch verwählt. Sicher ist der Mann, mit dem sie telefoniert hat, nicht Annies Sohn.
Es ist sieben. Selbst wenn Simone die Nummer des Hausarztes finden sollte, wäre dieser sicher nicht mehr zu erreichen. Um einen Notarzt zu rufen, scheint ihr Annies Zustand nicht dringlich genug. Also beschließt sie, über Nacht bei ihr zu bleiben. Sollte sich ihr Zustand bis zum Morgen nicht gebessert haben, kann sie immer noch einen Arzt rufen.
Immer wieder reicht sie Annie Tee und bringt sie dazu, eine Tasse zu trinken. Zum Essen kann sie Annie nicht bewegen, obgleich sie vermutet, dass diese den ganzen Tag noch nichts gegessen hat.
Ein Tag ohne Essen ist nicht schlimm, sagt Simone laut, weil sie die Stille in der Wohnung nicht erträgt. Nur trinken muss man, sonst

trocknet der Körper aus. Das habe ich mal gelesen. Wenn man zu wenig trinkt, kann das zu Verwirrung führen. Und weil sie Sorge hat, die Bemerkung könnte Annie kränken, fügt sie schnell hinzu: Das habe ich auch gelesen.
Sie führt Annie ins Schlafzimmer, bringt sie ins Bett und deckt sie zu. Annie lässt es willenlos geschehen, schließt die Augen, kaum dass sie im Bett liegt.
Simone holt *Was ich liebte* und liest, bis Annies Atemzüge regelmäßig werden. Sie wartet noch eine Weile, um sicher zu gehen, dass Annie schläft, dann geht sie in die Küche und schmiert sich ein paar Käsebrote, die sie im Stehen isst.
Als sie wieder ins Schlafzimmer kommt, liegt Annie genauso im Bett, wie Simone sie zurückgelassen hat. So reglos unter der Bettdecke liegend, wirkt sie noch zierlicher als sonst.
Obgleich Simone todmüde ist, setzt sie sich auf einen Stuhl neben das Bett. Der harte Stuhl, den sie sich zum Wachen ausgesucht hat, verhindert nicht, dass sie immer wieder einnickt.
Einmal schreckt sie hoch, weil Annie im Schlaf um sich schlägt. Simone wundert sich, dass Annie nicht aufwacht und überlegt, sie zu wecken, um sie von einem möglicherweise unangenehmen Traum zu befreien. Doch Annie beruhigt sich wieder. Nur ihre Augenlider flattern noch eine Zeit lang.

33

Irgendwann muss Simone eingeschlafen sein. Als sie erwacht, wird es draußen hell. Annie sitzt aufrecht im Bett und blickt sie erstaunt an. Was machst du hier?, fragt sie mit klarer, fester Stimme.
Ich ... Simone fällt das Sprechen schwer. Gestern waren Sie ... ich meine, gestern warst du ...
Sag nur, du hast die ganze Nacht auf diesem Stuhl gesessen, sagt Annie. Du machst vielleicht Sachen, Kindchen. Sie steht auf. Jetzt mache ich uns erst mal einen schönen Tee. Sie zieht den Morgenmantel an und geht in die Küche.
Simone wäscht sich das Gesicht mit kaltem Wasser, dann geht sie zu Annie.
Nachdem sie schweigend eine Tasse Tee getrunken haben, verabschiedet Simone sich, verspricht, am Abend wie gewohnt zu kommen.
Als Simone am Abend kommt, wirkt Annie ausgeruht, macht einen lebhaften Eindruck, erzählt vom Deutschen Sprachrat, der zur Suche nach dem schönsten deutschen Wort aufgerufen habe.
Habseligkeiten, sagt sie entrüstet. Das soll das schönste deutsche Wort sein. Gefolgt von Geborgenheit. Auf dem dritten Platz lieben. Sie ist ganz aufgebracht.

Simone fragt sich, wie man wegen eines Wortes so aufgeregt sein kann. Soll der Deutsche Sprachrat aufrufen, zu was er will, das macht für sie keinen Unterschied.
Die haben Einsendungen aus hundert Ländern ausgezählt. Warum lassen die andere Nationen entscheiden, was unser liebstes Wort ist? Wir sind nur zu bereit, uns unser Selbstbild von fremden Nationen diktieren zu lassen, sagt Annie verächtlich. Das ist unser größtes Problem.

34

In der Nacht bekommt Simone Fieber, friert und schwitzt zugleich, zittert, obwohl sie mehrere Decken auf sich liegen und ihre Jacke angezogen hat.
Scharlach, sagt Annie, als sie den Ausschlag an Simones Körper sieht. Albert und Mareille hatten als Kinder auch Scharlach.
Sie drängt Simone, zum Arzt zu gehen. Da kannst du gleich deinen Blutdruck messen lassen, sagt sie. Es entsteht eine Pause.
Es ist nicht der Blutdruck, nicht wahr, sagt Annie schließlich. Was ist mit deinen Händen? Lässt du mich mal sehen? Doch Simone weigert sich die Handschuhe auszuziehen.
Dann gehe ich zum Arzt, sagt Annie, und lasse dir etwas aufschreiben.
Kaum eine Stunde später ist sie zurück. Er hat mir Penicillin für dich gegeben. Wenn sich in einer Woche die Haut auf deinen Handflächen und Fußsohlen schält, dann war es Scharlach, hat er gesagt.
Annie macht Simone Wadenwickel, kocht Suppe und kauft Obst.
Drei Tage lang bleibt Simone im Bett. Wie vorhergesagt, schuppt sich am siebten Tag die Haut auf ihren Handflächen und Fußsohlen.

Als Simone das erste Mal aufsteht, fühlt sie sich schwach. Bei einem kurzen Spaziergang zittern ihre Beine. Dennoch genießt sie es. Die Luft ist angenehm warm, und sie kauft ein Eis.

35

Wenige Tage, nachdem sich auf Simones Handflächen und den Fußsohlen eine zarte, neue Haut gebildet hat, kündigt Annie Alberts Besuch an.
Er war so lange nicht hier, sagt sie und lächelt glücklich. Ich habe ihm von dir erzählt. Er freut sich, dich kennen zu lernen.
Offensichtlich hatte Albert nicht erwähnt, dass er Simone bereits kannte. Vielleicht hatte er es auch längst vergessen.
Am Samstag sitzt Albert in Annies Wohnzimmer. Er hat schwarze Haare, dichte Augenbrauen und eine gleichmäßig gebräunte Haut, wirkt fast ein wenig südländisch. Er hat einen kräftigen Körper, ohne fett zu wirken. Mit ausgestreckten Beinen und vor dem Bauch verschränkten Händen sitzt er lässig auf dem Sofa und lächelt Simone zu, als sie das Zimmer betritt.
Mein Sohn Albert, sagt Annie stolz. Albert macht sich nicht die Mühe aufzustehen, um Simone zu begrüßen, sondern begnügt sich mit einem angedeuteten Nicken. Meine Mutter hat mir eine Menge von Ihnen erzählt, sagt er. Simone blickt ihn misstrauisch an.
Ihr werdet euch doch wohl nicht siezen, sagt Annie. Wo Simone so gut wie zur Familie gehört.

Sie nimmt Simone an der Hand und führt sie zum Sofa, so dass ihr nichts anderes übrig bleibt, als neben Albert Platz zu nehmen. Steif und aufrecht sitzt sie auf der Kante des Sofas, während Annie Tee einschenkt.
Albert hat Kuchen mitgebracht, sagt Annie, als handele es sich um eine besondere Großzügigkeit. Simone fällt es schwer, Albert mit dem Mann am Telefon in Zusammenhang zu bringen. Obgleich sie sich dagegen wehrt, durchströmt sie in seiner Gegenwart ein ähnlich vertrautes Gefühl, wie sie es bei der ersten Begegnung mit Annie verspürt hat.
Sie sind also die gute Seele, die seit einiger Zeit bei meiner Mutter wohnt, sagt Albert mit einem leicht amüsierten Unterton.
Das ist sie, bekräftigt Annie. Zu Simone sagt sie: Albert hat dir Marzipan mitgebracht. Ich habe ihm gesagt, dass du keinen Kuchen magst.
Danke, sagt Simone artig. Sie erinnert sich nicht, Annie gegenüber erwähnt zu haben, dass sie keinen Kuchen mag.
Schön, euch hier zu haben, sagt Annie und macht einen zufriedenen Eindruck. Simone fragt sich, ob Annie sie für ihre Tochter hält, schämt sich aber sofort für den Gedanken. Annie ist völlig klar, keinesfalls würde sie Simone für Mareille halten.

Simone spricht nur, wenn Annie oder Albert das Wort an sie richten, was kaum vorkommt. Sie unterhalten sich über Menschen, die Simone nicht kennt. Sie isst Marzipan, bis ihr übel wird. Als sie in die Küche geht um Milch zu holen, folgt Albert ihr.

Meine Mutter scheint sich nicht an den Tag zu erinnern, an dem Sie bei mir angerufen haben, sagt er. Dabei sollten wir es lassen.

Er zweifelt an meiner Wahrnehmung, denkt Simone. Sicher hält er mich für hysterisch.

Während sie Milch in ein Kännchen füllt, starrt Albert auf ihre Hände. Ich hatte Scharlach, sagt sie. Er entgegnet nichts. Sie weiß nicht, ob er ihr glaubt.

Mit der Milch gehen sie zurück ins Wohnzimmer. Wenig später verabschiedet Simone sich, und Albert begleitet sie zur Treppe.

Ich habe mir Sie ganz anders vorgestellt, sagt er. Am Telefon haben Sie so ... da haben Sie so ... ich weiß nicht wie gewirkt.

Überspannt, sagt Simone. Sie können ruhig sagen, dass Sie mich für überspannt halten.

Das habe ich nicht gemeint. Er knetet seine Hände. Eher ein wenig ... vielleicht habe ich Sie für ... nun, ja, anstrengend gehalten.

Unschlüssig stehen sie am Fuß der Treppe. Ich habe mit Annies Hausarzt telefoniert, sagt

Albert schließlich. Er hat mir gesagt, dass es bei alten Menschen zur Verwirrtheit kommen kann, wenn sie nicht genug trinken.
Wenn ich bei Annie bin, trinkt sie genug, sagt Simone, als müsse sie sich verteidigen.
Albert zieht einen Zettel aus der Hosentasche. Das ist die Nummer des Arztes. Falls etwas sein sollte. Simone zupft an ihren Handschuhen. Meine Mutter ist zäh, fährt Albert fort. Sie steht mit beiden Beinen im Leben. Hat sie schon immer. Er zögert. Der Arzt hat gesagt ... falls mit Ihnen was ist ... falls Sie krank sind oder ...
Er hält sie für verrückt. Vielleicht steht er doch mit Marlis in Verbindung. Simone wird schwindelig. Natürlich. So muss es sein. Jeder Satz, den er gesagt hat, seit sie am Fuß der Treppe stehen, bestätigt den Verdacht. Die Tante und Albert kennen sich!
Der Arzt hat gesagt, dass Sie sich jederzeit an ihn wenden können. Falls etwas sein sollte, wiederholt Albert. Falls Sie eine Erkältung haben oder so.
Die Tante hat Albert also beauftragt, Simone zu verunsichern.
Ich will Ihnen ja nicht zu nahe treten, sagt er, aber falls Sie jemanden zum Reden brauchen ...
Simone presst die Lippen aufeinander.
Jedenfalls danke ich Ihnen, dass Sie sich um meine Mutter kümmern.

Simone nickt. Dann dreht sie sich um. Sie muss so schnell wie möglich das Haus verlassen. Sie muss die Stadt verlassen.
Als sie auf der Treppe ist, ruft Albert: Vielleicht können wir in Kontakt bleiben.
Simone dreht sich nicht um. Albert stellt eine nicht zu unterschätzende Gefahr dar. Auf keinen Fall darf sie wieder unter Marlis' Einfluss geraten. Die ganzen Intrigen, das Verdrehen der Tatsachen, das Erfinden merkwürdiger Begebenheiten. Alles nur, um Simone in den Wahnsinn zu treiben.
Simone betritt ihr Zimmer, drückt die Tür ins Schloss und setzt sich aufs Bett. Vielleicht sollte sie ins Ausland gehen. Aber Marlis ist zuzutrauen, dass sie Simone bis ins Ausland folgt.

36

Am Morgen klopft es an Simones Tür. Sie liegt noch im Bett. Erschrocken setzt sie sich auf. Sollten die Tante und Albert gemeinsame Sache machen, hat er ihr sicher gesagt hat, wo sie zu finden ist, und jetzt steht die Tante vor der Tür. Simone überlegt, nicht zu reagieren, als es ein zweites Mal klopft. Sie steht auf, zieht die Jacke über den Schlafanzug und öffnet.
Es ist Albert. Sein Gesicht ist gerötet. Er reibt seine Hände. Hätten Sie Lust einen Kaffee mit mir trinken zu gehen?, fragt er. Wir könnten in ein Café gehen, wenn Ihnen das recht ist.
Simone ist so überrascht, dass sie nickt. Ich zieh mir nur schnell etwas an, sagt sie. Albert blickt auf die Schlafanzughose, tritt jedoch nicht zurück, damit Simone die Tür schließen und sich anziehen kann. Also schiebt sie ihn kurzerhand vor die Tür.
Während sie sich anzieht, hört sie Albert vor der Tür auf und ab gehen. Sicher ist es ein Fehler, mit ihm Kaffee trinken zu gehen. Vermutlich will er sie ausfragen. Aber sie kann jetzt nicht mehr absagen, ohne sein Misstrauen zu erregen. Sie wird wachsam sein. Außerdem kann sie die Gelegenheit nutzen, um herauszufinden, was die Tante vorhat.

Kurz darauf gehen sie schweigend die Straße entlang. Simone kennt nur das Café, in dem sie mit Malevitsch war.

Während sie schweigend laufen, muss Simone an Boris denken, der nicht gleichzeitig reden und gehen konnte, so dass er, wenn sie spazieren gingen, stehen blieb, sobald er redete, und schwieg, sobald er lief, was die Unterhaltung unmöglich machte oder es unmöglich machte, an einen bestimmten Ort zu gelangen. Vielleicht geht es Albert genauso, denkt Simone.

Tut mir leid, sagt Albert, als sie das Café erreicht und sich einen Platz am Fenster gesucht haben. Ich meine, dass ich am Telefon so unfreundlich war. Ich war überrascht. Außerdem hatte ich Stress. Und wie soll ich sagen, unter Stress wirke ich vielleicht ein wenig abweisend. Ich bin Ihnen dankbar. Meine Mutter war ein Leben lang für mich da, jetzt kehren sich die Verhältnisse um. Mir ist klar geworden, dass meine anderen Probleme keine Rolle spielen. Das ist mir schon am Abend nach dem Anruf klar gewesen und eigentlich wollte ich Sie auch zurückrufen, aber ich .. Er holt tief Luft. Ich habe mich nicht getraut.

Einen Augenblick lang ist Simone versucht, ihm vom Tod ihrer Eltern zu erzählen, ohne sagen zu können, warum. Doch der Moment geht vorüber. Außerdem redet Albert schon wieder.

Ich denke daran, die Geschäfte in München aufzugeben und in die Nähe zu ziehen. Erwartungsvoll blickt er Simone an. Sie weiß nicht, was sie sagen soll. Sein Leben geht sie nichts an.
Es wäre nett, wenn du dich ein wenig umhören könntest. Wegen einer Wohnung, meine ich.
Er ist zum Du übergegangen. Ganz offensichtlich nimmt er an, Simone habe Freunde in der Stadt. Fast hätte sie gesagt, dass sie neu in der Stadt ist und niemanden kennt. Aber sie darf ihm nichts verraten. Aus diesem Grund hat er sie ja eingeladen.
Du kennst doch sicher einige Leute. Vielleicht ergibt sich was. Würdest du das tun?
Simone weiß, dass es nicht um die Wohnung geht und überlegt, was sie am besten antworten soll, als Albert schon wieder redet.
Ein Glücksfall, dass du bei meiner Mutter eingezogen bist, nicht nur für meine Mutter, wenn auch für die ganz besonders, aber ... Er errötet. Auch für mich, fügt er leise hinzu.
Obwohl Simone ihm misstraut, fühlt sie sich zugleich geschmeichelt.
Wo wir so viel gemeinsam haben, sagt Albert. Ich wusste gleich, dass wir uns verstehen würden. Wir sind uns nämlich ähnlich.
Simone fragt sich, woher er wissen will, dass sie sich ähnlich sind, zumal sie noch immer nichts

gesagt hat. Vielleicht wertet er ihr Schweigen als Zustimmung und fühlt sich verstanden.
Es ist selten, dass man sich mit jemandem so gut unterhalten kann, sagt er. Simone lässt auch diesen Satz unbeantwortet.
Vielleicht sollte ich ein paar Tage verreisen, mir alles in Ruhe durch den Kopf gehen lassen, fährt Albert unbeirrt fort. Jedenfalls ist klar, dass ich eine Veränderung brauche. Und damit meine ich kein neues Auto oder Haus, sondern eine wirkliche Veränderung. Wie um seinen Entschluss zu bekräftigen, nickt er mehrfach und blickt Simone an, als sei sie an dieser Veränderung auf geheimnisvolle Weise beteiligt.
Er hat Annies Augen. Vielleicht sind es eben diese Augen, die Simone mit einem Mal denken lassen, dass sie ihn zu Unrecht verdächtigt. Möglicherweise geht es ihm wirklich um sie, und er hat mit der Tante nicht das Geringste zu tun.
Jetzt weißt du alles über mich und ich nichts über dich, sagt er, greift nach Simones Händen und streicht über die Handschuhe, als streiche er über ihre Haut. Du bist eine schöne, intelligente Frau, sagt er, und Simone kann nicht verhindern, dass sie ihn mag.
Du bist intelligent und interessant, sagt er und drückt ihre Hände. Ich hasse dumme Frauen. Es gibt nichts Langweiligeres. Wenn ich ein

Schmuckstück will, kaufe ich mir eins. Er drückt ein weiteres Mal ihre Hände, gibt sie dann frei und lehnt sich zurück.
Simone weiß nicht, was sie davon halten soll, würde ihm gerne etwas über Musik erzählen, über die Verbindung von Tönen und Farben, zugleich hat sie Angst, er könne sie nach ihrer Vergangenheit fragen. Sie ist zu müde, sich Lügen auszudenken.
Ihr Schweigen scheint Albert nicht zu stören. Würdest du mir mal vorlesen?, fragt er unvermittelt. Annie hat mir erzählt, dass du wunderbar liest. Als ich klein war, hat sie mir vorgelesen.
Entweder ist er sehr durchtrieben oder unschuldig, denkt Simone.
Vielleicht hat meine Mutter das alles nur inszeniert, um uns zusammen zu bringen, sagt er lächelnd. Wäre doch immerhin möglich.
Simone denkt an ihre Mutter und daran, dass sie nie die Gelegenheit hatte, sie wirklich kennen zu lernen. Wenn man jung war, dachte man nicht daran, seine Eltern kennen zu lernen, man dachte nicht, dass sie etwas anderes sein könnten als Eltern. Vielleicht dachte man auch, dass dafür noch ausreichend Zeit bleiben würde, wie man als Kind überhaupt für alles beliebig viel Zeit zu haben glaubte.
Es ist entschieden, sagt Albert in diesem Augenblick. Ich ziehe nach Stuttgart .

Simone muss einige Sätze verpasst haben, oder Albert hat den Gedanken, dass Annie alles arrangiert haben könnte, so schnell wieder fallen gelassen, wie er ihn aufgegriffen hatte.
Schließlich ist es egal, ob die Geschäfte in München oder hier schlecht laufen, sagt Albert und lacht auf diese kehlige Art, die Simone mag. Hier kann ich mich wenigstens um Annie kümmern. Von meiner Schwester ist in dieser Hinsicht nichts zu erwarten.
Simone wird aufmerksam. Von Annies Tochter weiß sie nicht mehr als den Namen. Dabei hat sie mehrere Wochen in einem ihrer Schlafanzüge geschlafen. Dass Albert von Mareille erzählt, bestätigt in Simones Augen seine Harmlosigkeit.
Meine Schwester benimmt sich, als laste die Welt auf ihr, als habe sie allein dafür, dass sie zwei Kinder groß zieht, eine Medaille verdient. Zwei Kinder von zwei Männern, und das innerhalb kürzester Zeit. Er macht eine erwartungsvolle Pause.
Simone schweigt, könnte nur sagen, dass man für die Erziehung zweier Kinder mit Sicherheit eine Medaille verdiene.
Lass uns verreisen, sagt Albert plötzlich. Simone schüttelt hastig und ohne nachzudenken den Kopf. Obwohl sie gerade angefangen hat, ihn zu mögen, scheint ihr ein solcher Vorschlag gewagt.
Ich lade dich ein, sagt er. Annie nehmen wir auch

mit. Das wäre doch schön. Nur wir drei. Und abends lesen wir uns vor.
Albert ist ein Träumer, denkt Simone beruhigt. Nie hätte die Tante einen solchen Mann für ihre Zwecke gewinnen können.
Überleg es dir. Bitte, sagt er und greift erneut nach ihren Händen.
Vielleicht, sagt sie. Es ist das erste und einzige Wort, das sie zu der Unterhaltung beiträgt.

37

Eine Woche später klingelt nachts um vier Simones Telefon. Es ist Albert.
Hascht duschs dir üppelegt ... kommm mit ... bitte ... wir fahren weck und esch ...
Es ist mitten in der Nacht, sagt Simone, nicht wütend, sondern nur müde.
Isch will appa nischt allein faaahn und wir haben, du und Annie und isch will nischt allein und isch will disch! Du weischt ja nischt, wie ... isch pin ganz anders alsch ... also ganz anders, alsch du tenkst, nischt so, nischt so ruppig, isch bin ein bissschen ... getrunken hab ich ... abba das macht nix ... nur ein pisschen getrunken ...
Ich weiß, sagt Simone. Ich lege jetzt auf. Wir reden, wenn du nüchtern bist.

38

Am nächsten Abend erwähnt sie Annie gegenüber Alberts Vorschlag, gemeinsam zu verreisen. Annie lacht wie ein junges Mädchen.
Mit einer alten Frau wie mir. Wenn Albert mit dir verreisen wollte, könnte ich ja verstehen. Aber mit mir. Doch ihre Augen leuchten. Wo soll es denn hingehen?
Ich glaube, das können wir Albert überlassen, sagt Simone und ist selbst überrascht, weil es klingt, als sei die Sache entschieden.
Kurz vor seinem Tod, von dem er ja nichts wissen konnte, hatte der Vater Simone zur Seite genommen. Zu leben bedeutet, sich den Dingen zu stellen, hatte er gesagt. Hör auf, dir über alles den Kopf zu zerbrechen. Du kannst die Dinge nicht ändern. Lebe jeden Tag, sonst ist am Ende die Summe der nicht gelebten Tage größer als die der gelebten.
Vielleicht war es diese Aussage, die Simone dazu bringt, nun doch mit Albert und Annie zu verreisen.

39

Albert holt Simone und Annie ab. Er hat einen Flug auf die Malediven gebucht.
Im Flugzeug sitzt Annie am Fenster, Simone am Gang und Albert in der Mitte. Kaum, dass er sitzt, schnallt er sich an und blickt starr auf die Rücklehne des Vordersitzes. Auf seiner Stirn haben sich Schweißperlen gebildet, seine Hände umklammern die Armstützen. Er kaut auf einem Kaugummi gegen Reiseübelkeit, den Annie ihm gegeben hat.
Als die Flugbegleiterin den Gebrauch der Schwimmwesten und Sauerstoffmasken erklärt, hört Albert konzentriert zu. Kaum, das sie geendet hat, zählt er laut die Reihen bis zum Notausstieg.
Fünf, sagt er. Wenn es brennt und das Licht ausfällt, müssen wir uns fünf Reihen nach vorne tasten.
Der Pilot erklärt, dass sie in wenigen Minuten die Starterlaubnis erhalten werden. Er nennt die zu erwartende Reisezeit und wünscht einen angenehmen Flug. Turbulenzen sind keine zu erwarten, sagt er. Auf den Malediven erwartet Sie der Sommer. Dann knackt es in den Lautsprechern.
Ich weiß nicht, wann ich das letzte Mal geflogen bin, sagt Annie. Es muss eine Ewigkeit her sein.

Albert sitzt angespannt zwischen ihnen. Annie hat ihm eine braune Tüte in die Hand gedrückt. Wenigstens klammert er sich nicht mehr an die Armlehnen.
Simone liebt den Augenblick, in dem das Flugzeug beschleunigt und der Körper in den Sitz gedrückt wird. Das Gefühl des Absenkens in der Magengegend, wenn das Flugzeug den Bodenkontakt verliert.
Wir sind in der Luft!, ruft sie aufgeregt. Albert sieht elend aus.
Das Schlimmste ist überstanden, sagt sie. Während des Fluges passiert rein statistisch gesehen nie etwas, erklärt sie, obwohl sie in Wahrheit noch nie von einer solchen Statistik gehört hat.
Albert nickt tapfer. Simone fragt sich, warum sie nicht in den Zug gestiegen und an die See gefahren sind. Aber vielleicht wollte Albert ihr und Annie etwas Besonderes bieten.
Nach einer halben Stunde bessert sich Alberts Zustand. Den gereichten Snack lehnt er allerdings ab, will ihn nicht einmal auf dem Tisch haben. Die braune Tüte liegt in seinem Schoß.
Nach der Landung, die Albert ähnlich verkrampft hinter sich gebracht hat wie den Start, wirft er, aus welchen Gründen auch immer, einen Blick unter den Sitz. Bleich richtet er sich auf. Simone blickt ebenfalls darunter. Die Schwimmweste fehlt.

Beim Verlassen des Flugzeuges meldet Albert der Flugbegleiterin in mattem Ton, dass unter Sitz Dreizehn C die Schwimmweste fehle.
Der Pilot hat nicht zu viel versprochen. Obwohl die Sonne bereits untergegangen ist, umfängt sie eine angenehme Wärme.
Vor dem Flughafengebäude wartet ein Bus, der sie ins Hotel bringt.

40

Die Hotelhalle ist vornehm, Marmorboden. Auf dem Empfangstresen eine goldene Tischglocke. Ein Page kümmert sich ums Gepäck. Der Empfangschef händigt die Zimmerschlüssel aus, wünscht einen angenehmen Aufenthalt. Ein Kellner reicht einen Aperitif, den sie im Stehen trinken. Ein rotes, bittersüßes Getränk, von dem Simone schwindelig wird.

Sie fahren mit einem Aufzug, der so groß ist, dass er trotz eines Sofas ausreichend Platz für sechs Personen bietet, in den dritten Stock und verabreden sich um neun zum Abendessen.

Noch nie in ihrem Leben ist Simone so luxuriös untergebracht gewesen, nicht einmal auf den exklusivsten Konzertreisen.

Bei dem Gedanken an die Reisen durchzuckt sie ein heftiger Schmerz, so dass sie kaum noch Luft bekommt. Sie öffnet die Balkontür und tritt an die Brüstung. Wohltuende Dunkelheit.

Nachdem sich ihre Augen an die Dunkelheit gewöhnt haben, erkennt sie den Strand und das Meer. Die Luft ist salzig. Simone stellt sich vor, wie es ist, im Meer zu schwimmen. Im Meer fühlt sie sich lebendig, als Teil eines Ganzen.

Doch mit einem Mal fragt sie sich, was sie beim Schwimmen mit den Handschuhen machen soll.

Und dieses Problem scheint ihr plötzlich so übermächtig, dass sie ganz verzweifelt wird.
Sie geht ins Zimmer, wirft sich auf das mit einer hellen Tagesdecke überzogene Doppelbett und weint, ohne dass sie etwas dagegen tun könnte. Nach einer Weile weiß sie nicht einmal mehr, warum sie weint.
Der rote Sessel im Hotelzimmer erinnert sie an das Sofa in der alten Wohnung. Boris hatte die Hälfte des Preises bezahlt. Ich werde das Geld absitzen, hatte er gesagt und jungenhaft gelacht. Vielleicht war es dieses Lachen, das Simone geliebt hatte.
Sie zieht die Handschuhe aus und legt sie neben sich aufs Bett. In ihren Ohren Dvoráks Symphonie Nr. 5, wieder und wieder, schneller und schneller. Ausgerechnet eine Symphonie, die sie nie richtig beherrscht hat.
Sie versucht sich an den Namen des Orchesterleiters zu erinnern, aber außer Malevitsch fällt ihr kein Name ein. Jedenfalls hatte der Leiter des Orchesters, wie auch immer er heißen mochte, ihr nach dem Tod der Eltern freigegeben. Vier Wochen nach der Beerdigung hatte er angerufen und gefragt, wann Simone wieder zu den Proben kommen würde. Er hatte gesagt, dass er sich, sollte Simone nicht innerhalb der nächsten Woche wieder bei den Proben erscheinen, ge-

zwungen sehe, eine andere Geigerin einzustellen.
Nach dem Telefonat hatte Boris so laut geschrieen, dass Simones Ohren noch heute dröhnen. So kann es nicht weiter gehen!, hatte er geschrieen, sie an den Handgelenken gepackt und geschüttelt. Der bricht mir noch die Handgelenke, hatte sie gedacht, war aber ganz ruhig geblieben. Was kann so nicht weitergehen?, hatte sie leise gefragt. Was?
Mit einem Mal leuchtet die Wahrheit so klar und hell wie das Licht, das als Versprechen hinter der Dunkelheit der Nacht auf sie wartet. Alles, was in den letzten Wochen und Monaten passiert ist, hatte sich schon damals, vier Wochen nach dem Unfall der Eltern, angedeutet. Simone hatte es nur nicht erkannt. Schon seinerzeit hatten Boris und die Tante sich kennen gelernt und über Simones Kopf hinweg entschieden.
Simone atmet schwer. Schon damals hatten sie versucht, Simone in den Wahnsinn zu treiben. Sie erinnert sich, wie Boris gesagt hatte: Wenn du so weitermachst, bist du bald reif für die Psychiatrie.
Jetzt erscheint ihr der Satz in einem neuen Licht. Das ist doch nicht normal, aus dem Nichts Töne zu hören, hatte Boris gesagt. Genau die gleichen Worte hatte die Tante wenige Wochen zuvor ver-

wendet. Die Töne sind nur in deinem Kopf, hatte sie gesagt, obgleich sie laut und deutlich zu hören waren.
Auch jetzt sind die Töne zu hören. Einzelne, schrille Töne, zuweilen pfeifend. Daneben ein neues Geräusch, ein lautes Klopfen.
Irgendwo im Zimmer wird geklopft. In der Hoffnung, die Richtung bestimmen zu können, aus der das Klopfen kommt, hält Simone die Luft an. Dann muss sie lachen. Das Klopfen kommt von der Tür. Sie lacht. Jemand klopft an die Tür. Sie ist nicht verrückt. Es hat nur an der Tür geklopft.
Doch als sie öffnet, ist niemand zu sehen. Sie blickt den Flur entlang. Jemand hat sich einen Scherz erlaubt. Sie lacht erneut.
Dann legt sie Make-up auf, um die vom Weinen geröteten Stellen zu überdecken, zieht die Handschuhe an und geht in den Speisesaal.
Alles in Ordnung mit dem Zimmer?, fragt Albert, und Simone nickt.
Morgen mieten wir ein Segelboot, sagt er voller Tatendrang. Annies Einwand, dass keiner von ihnen segeln könne, wischt er mit einer Handbewegung weg. Was glaubt ihr, was ich die ganze Zeit in München gemacht habe?
Du bist immer so ungestüm, sagt Annie. So warst du schon als Junge. Nie konntest du

warten. Du siehst doch, dass Simone müde ist. Albert blickt Simone an. Sie sieht aus wie das blühende Leben, sagt er. Und auf dem Wasser wird es ihr noch besser gehen.
Simone beteiligt sich kaum an der Unterhaltung, in ihrem Kopf sind noch immer die Töne, wenn auch deutlich leiser als im Zimmer. Wenigstens das Klopfen hat aufgehört.

41

Kaum, dass Simone wieder in ihrem Zimmer ist, klopft es erneut. Sie ist verärgert. Töne zu hören, ist eine Sache, aber dieses Klopfen ist eine Zumutung, die sie nicht hinnehmen wird.

Bei einem solchen Klopfen kann kein Mensch schlafen. Sie wird sich beschweren. Ein solches Klopfen, noch dazu mitten in der Nacht, ist eine Unverschämtheit. Eine Frechheit ist das. Das schönste Hotelzimmer kann ein solches Klopfen nicht aufwiegen.

Genau das wird sie dem Direktor sagen. Schließlich ist ein solches Klopfen keine Kleinigkeit. Bestimmt bezahlt Albert eine Menge Geld für das Zimmer. Da kann man doch wohl erwarten, dass wenigstens in der Nacht Ruhe ist. Dieses Klopfen ist indiskutabel. Das wird sie dem Direktor sagen. Indiskutabel!

Nicht auszuschließen, dass eine Wasserleitung defekt ist oder ein elektrisches Kabel freigelegt werden muss, aber doch nicht mitten in der Nacht!

Entweder das Klopfen hört auf oder man muss ihr ein anderes Zimmer geben. Auf der Stelle! Keinesfalls wird sie sich bis zum Morgen vertrösten lassen.

Sie geht zum Empfang. Der Direktor ist natürlich nicht zu sprechen, aber der Portier ist sehr freundlich. Ich werde mich darum kümmern, sagt er und blickt auf die Uhr. Sie haben völlig Recht. Um diese Zeit sollte nirgends geklopft werden.

Er begleitet Simone in ihr Zimmer, um festzustellen, woher das Klopfen kommt. Er lauscht und lauscht, legt das Ohr an jede Wand. Im Badezimmer steigt er sogar auf den Toilettendeckel.

Nachdem er auf diese Weise die Zimmer untersucht hat, tritt er auf den Balkon.

Dann kommt er wieder ins Zimmer. Ich kann nichts hören, sagt er bedauernd, als sei es seine Schuld, dass er nichts hört.

Ja, hören Sie denn dieses Klopfen nicht?, fragt Simone aufgebracht.

Tut mir sehr leid, sagt er. Aber ich höre wirklich kein Klopfen.

Ich bin sicher, es kommt aus dem Badezimmer, sagt Simone.

Der Portier geht erneut ins Badezimmer, in dem er bereits alles mehr als gewissenhaft untersucht hat, und lauscht äußerst bereitwillig.

Hier ist es am Lautesten, sagt Simone und zeigt auf den Badezimmerspiegel. Hinter dem Spiegel klopft es ganz besonders laut.

Die Augen des Portiers verengen sich, so angestrengt lauscht er. Ja, sagt er schließlich. Jetzt höre ich das Klopfen.
Er geleitet Simone zurück ins Schlafzimmer. Selbstverständlich bekommen Sie ein anderes Zimmer. Es tut mir außerordentlich leid. Ich kann Ihnen versichern, dass so etwas bei uns noch nie vorgekommen ist. Ich werde der Sache natürlich auf den Grund gehen. Gleich morgen früh werde ich mich darum kümmern. Dessen können Sie versichert sein. Für heute Nacht kann ich Ihnen nur ein anderes Zimmer anbieten.
Simone nickt. Nur gut, dass sie noch nicht ausgepackt hat. Lediglich den Kulturbeutel hat sie aus dem Koffer genommen, vorhin, als sie sich zum Abendessen frisch gemacht hat. Sie wirft den Beutel in den Koffer, überlässt es dem Portier, den Koffer zu tragen.
Ich denke, in diesem Zimmer dürften Sie das Klopfen nicht mehr hören, sagt der Portier freundlich, als sie in dem neuen Zimmer angekommen sind und wünscht Simone eine *Gute Nacht.*
Nachdem er gegangen ist, lauscht Simone. Auch in diesem Zimmer ist das Klopfen zu hören, allerdings viel leiser. Es hat keinen Sinn, ein weiteres Mal umzuziehen, offensichtlich klopft es

im ganzen Hotel. Bleibt zu hoffen, dass der Portier sich tatsächlich darum kümmert, denkt sie. In ihrer Toilettentasche findet Simone Ohrstöpsel. Damit ist das Klopfen erträglich.

42

Als Simone am Morgen erwacht, hat sie Kopfschmerzen. Das dauernde ist in ein intervallartiges Klopfen übergegangen.

Sie tritt auf den Balkon. Schwimmen will sie. Am besten noch vor dem Frühstück. Sie wird mit Handschuhen schwimmen und diese nach dem Schwimmen wie einen Badeanzug wechseln.

Gerade als sie den Balkon verlassen will, erblickt sie Albert, der in Sportsachen vom Strand auf das Hotel zukommt. Offensichtlich war er joggen. Simone entscheidet, nach dem Frühstück zu schwimmen und jetzt nur zu duschen.

Unter der Dusche hört sie, wie jemand das Zimmer betritt. Sie dreht das Wasser ab, zieht einen Bademantel an und geht ins Schlafzimmer.

Albert steht im Zimmer. Es war offen, sagt er, als berechtige ihn das, einzutreten.

Nach dem Frühstück gehen wir tauchen, fährt er fort. Wir leihen ein Boot und eine Ausrüstung. Was sagst du?

Simone bringt kein Wort heraus. Albert scheint nicht zu bemerken, dass sie noch immer im Bademantel vor ihm steht. Seit er das Zimmer betreten hat, ist das Klopfen lauter geworden. Wie eine Botschaft.

Hörst du das?, fragt sie. Wie am Abend zuvor der Portier, lauscht nun Albert angestrengt in den Raum. Was? Was soll ich hören?
Na, dieses Klopfen! Er muss es hören. Und mit einem Mal ist alles wieder so klar wie am Abend zuvor. Albert ist von der Tante geschickt worden. Wie Boris und Marlis versucht nun er, Simone in den Wahnsinn zu treiben, indem er leugnet, was zu hören ist.
Simone hätte anführen können, dass der Portier das Klopfen ebenfalls gehört hat. Doch was hätte das genutzt. Albert hätte eine andere Möglichkeit gefunden, sie für verrückt zu erklären. Nicht auszuschließen, dass er das Klopfen sogar initiiert hat.
Ich höre kein Klopfen, wiederholt er. Simone ist entschlossen, sich nichts anmerken zu lassen. Nicht wichtig, sagt sie. Es hat aufgehört.
Albert starrt auf ihre Hände. Sie hat die Handschuhe vergessen.
Das ist nichts, sagt sie und flieht ins Badezimmer. Nichts. Absolut nichts!, ruft sie.
Simone muss die Insel so schnell wie möglich verlassen. Bis dahin muss sie sich verhalten, als sei alles in Ordnung. Sie wird, auch wenn sie weiß, dass es sich um eine Falle handelt, mit Albert tauchen gehen, damit er nicht misstrauisch wird.

Angezogen tritt sie ins Zimmer und lacht. Ein wundervoller Tag, sagt sie. Eine gute Idee, tauchen zu gehen.
Albert wirkt verwirrt, aber auch das ist nur ein Teil seines Plans.

43

Du siehst müde aus, sagt Annie beim Frühstück zu Simone. Hast du schlecht geschlafen?
Ich habe gut geschlafen. Sehr gut!, sagt Simone und gibt vor, mit großem Appetit zu essen.
Geht ihr nur tauchen, sagt Annie, als Albert darauf zu sprechen kommt. Ich mache in der Zeit einen Spaziergang am Strand.
Albert unternimmt einen halbherzigen Versuch, Annie zum Mitkommen zu überreden, auch wenn das seinem Plan vermutlich eher hinderlich wäre. Doch Annie bleibt dabei, spazieren zu wollen.
Während Albert die Tauchausrüstung auswählt, sagt Simone mehrfach *schön* und *toll* und genießt die Verwirrung, in die sie Albert mit ihrer guten Laune und bedingungslosen Zustimmung versetzt.
Kaum, dass sie an Bord des Schiffes sind, verstummt das Klopfen. Als habe Albert auf dem Meer keine Macht über Simone. Stattdessen ertönt Dvoràks Symphonie Nr. 5, die Simone dieses Mal kein bisschen stört, sondern die im Gegenteil ganz wunderbar zum sanften Plätschern der Wellen passt.
In sicherer Entfernung eines Riffs ankert Albert und erklärt Simone die Tauchausrüstung. Simo-

ne hört kaum zu. Das Einzige, was sie sich merkt, ist ein mit Zeigefinger und Daumen geformter Kreis, der bedeutet, dass alles in Ordnung ist.
Nachdem sie die Tauchausrüstungen angelegt haben, lässt Albert sich rücklings ins Wasser fallen. Simone springt mit den Füssen voran, wobei eine der Flossen umknickt und sie einen stechenden Schmerz im Knöchel verspürt. Trotz des Schmerzes formt sie, kaum dass sie im Wasser ist, den Kreis.

44

Albert schwimmt zum Riff und winkt Simone. Offensichtlich will er ihr etwas zeigen.

Es ist nichts zu sehen. Vielleicht hat er nicht nur den Auftrag, sie in den Wahnsinn zu treiben, sondern sie umzubringen. Vielleicht wird er ihr das Mundstück entreißen oder den Schlauch der Sauerstoffzufuhr durchschneiden. Was auch immer er vorhat, Simone wird ihm keine Gelegenheit geben. Sie wird sich fernhalten.

Albert ist bereits weiter geschwommen. Mit Daumen und Zeigefinger formt Simone den Kreis. Albert antwortet auf dieselbe Weise.

Simone beschließt, eng am Riff zu bleiben, damit Albert nicht von hinten angreifen kann.

Mittlerweile liegen zehn Meter zwischen ihnen. Sie presst erneut den Zeigefinger auf den Daumen, als sie spürt, wie sich etwas um ihren Fuß schlingt.

Mit einer Hand den Kreis formend, versucht Simone sich mit der anderen zu befreien. Doch was auch immer sich um den Knöchel geschlungen hat, zieht sich noch fester zusammen.

Sie darf Albert nicht merken lassen, dass sie sich verfangen hat!

Was sich um ihren Fuß gewunden hat, umschlingt mittlerweile ihr Bein. Aber statt Panik zu empfinden, überkommt Simone eine seltsame Ruhe. Noch immer hört sie Dvoràks Symphonie Nr. 5.

Die Schlingpflanze, oder was immer sie gefangen hält, rankt sich um ihren Körper, hat sich bis zum Brustkorb hochgearbeitet.

Kein Grund zur Sorge, so lange Albert nicht in der Nähe ist! Simone formt den Kreis.

Die Pflanze legt sich um ihren Hals. Noch bekommt sie Luft.

Simone hält Daumen und Zeigefinger aufeinander, obgleich Albert, der ein ganzes Stück entfernt ist, den Kreis vermutlich nicht sehen kann.

Die Pflanze arbeitet sich nach oben, entreißt Simone das Mundstück.

Dvoràks Symphonie Nr. 5 verklingt. Tosender Applaus! So laut, dass er in Simones Ohren schmerzt und sie das Gefühl hat, dass ihre Trommelfelle platzen.

Silke Heimes arbeitet als Autorin, Poesietherapeutin und Ärztin. Sie promovierte über Peter Handke: *Schreiben als Selbstheilung,* ist Gründerin und Leiterin des IKUTS - Institut für Kreatives und Therapeutisches Schreiben und Dozentin für Kreatives und Therapeutisches Schreiben an verschiedenen deutschen Hochschulen. Für ihre Arbeiten und Publikationen erhielt sie zahlreiche Preise und Auszeichnungen, u.a. das *textwerk*-Stipendium der Bertelsmannstiftung (2001).

Zuletzt erschienen der Erzählband *Keine Bleibe für Schnee* im BIK & Alkyon Verlag in Marbach (2006), der Erzählband *Der Fremde* im Wiesenburg Verlag in Schweinfurt (2008) und der Gedichtband *irrlichter* im Wiesenburg Verlag in Schweinfurt (2008).